万葉人の声

うたうCD付

犬飼 隆・和田明美 編著

青簡舎

はじめに

〈声から文字へ〉のコンセプトのもと、新たな『万葉集』のブックレットが、「うたうＣＤ付」で刊行されることになりました。『万葉集』の歌の多くは何らかの折に披露され、宴や儀礼の場等で歌われたようです。その再現へ思いを馳せて万葉歌を「うたう」ことが、二〇一四年新春に開催された「文字のチカラ―古代東海の文字世界―」展示会場（名古屋市博物館）で実現しました。今を遡ること千数百年前の「やまと歌」を古式ゆかしく「うたう」声が、博物館のどこからともなく静かに響きわたり、展示物を見つつこの歌声を聞いた方々から、種々の感想が寄せられました。「展示された古代の木簡が声を伴って語りかけ、万葉人の息づかいが聞こえてくるようでした」「まるで千数百年の時空を越えた声と文字のタイムトラベルですね」。また、教育や研究に携わる方々からは、「この声を高等学校や特別支援学校での国語（古典）の音声教材として活用したい」「大学の講義で使えないか」、さらに「ＣＤ化できないか」等の要望も寄せられました。本書はこのような反響に後押しされながら、『万葉集』の声から出発して文字への新たなアプローチを目指したものです。

万葉人の声の再現・復元は、共著者の犬飼隆博士が古代日本語研究者として長年あたためてきたテーマです。『万葉集』の歌の音声・アクセントを文献資料から推定する方法については、「万葉人の声再現の試み」の４「七、八世紀のアクセント」に詳細が記されています。もちろん千数百年前のアクセント推定については、奈良と京都との地域差や奈良時代から平安時代に至るアクセントの変化をどう考えるのか等々、いくつかの課題が残ります。しかし、現存資料による限りこれ以上のアクセントの推定は不可能であり、近似値としての有効性は満たしていると考えられます。『万葉集』の歌のアクセント推定がなされたのち、これを「よむ」のか「うたう」のかの模索が続きました。「うたう」とすれば、どのようなリズムや旋律・音律によるのかが問われます。万葉歌を「うたう」方法についてはなす術のない我々に、古式を留めた「今様」をベースに「うたう」方法を示し、懇切にご指導くださったのは、金剛流能楽師で重要無形文化財保持者でもある宇髙通成氏でした。こうして『万葉集』を「うたう」レッスンがはじまりました。

しかし、「うたうCD」作成には、歌をうたう「歌人《うたびと》」と琴を演奏する「琴弾《ことひ》き」が必要となります。『日本書紀』によると、六七五年二月に「所部《くにうち》の百姓《おほみたから》の能《よ》く歌ふ男女《をのこめのこ》」が献上されており（天武天皇四年）、『続日本紀』にも、聖武天皇が天平六（七三四）年二月に「五品已上風流《みやび》有る者」男女二百数十人《ひと》の「歌垣《うたかき》を覧《みそなは》」したことに添えて、「本末《もとすゑ》を以て唱和」し「難波曲《なにはぶり》・倭部曲《やまとべぶり》・浅茅原曲《あさぢはらぶり》・広瀬曲《ひろせぶり》・八裳刺曲《やつもさすぶり》の音《ね》を為す」とあります。また、天平十四（七四二）年正月条には「六位以下の人等《ひとども》、琴鼓《ひ》きて、歌ひて曰はく」として、「新《あらた》しき年のはじめにかくしこそ供奉《つかへまつ》らめ万代《よろづよ》までに」の歌が記されています。殊に『万葉集』巻六所収の「歌儛所《うたまひどころ》の諸王《もろもろのきみ》・臣子等《おみのこたち》、葛《ふぢ》井連《ゐのむらじ》広成《ひろなり》の家に集ひて、宴する歌二首」（天平八年十二月）の題詩に続く「比来《このころ》、古儛《こぶ》盛りに興《おこ》りて…共に古情を尽くし、同《とも》に古歌を唱ふべし……古曲二節を献る。風流意気の士、儻《も》しこの集《つどひ》の中にあらば、争ひて念《おもひ》を発《おこ》し心々に古体に和せよ」（巻六・一〇一二）は、万葉歌を「うたう」この企画の拠り所ともなっています。天平時代（聖武朝）に古儛や古歌が流行したことは想像に難くなく、平成の時代の「古歌」の隆盛を念じつつ、古代研究に従事する有志が、「能《よ》く歌ふ男女《をのこめのこ》」「風流意気の士」となることを快諾してくださいました。琴に関しては愛知大学非常勤講師・内藤聡子氏の助力により、古代の奏法や音を彷彿とさせる弾奏が実現しました。なかでも、「万葉集をうたう」をテーマとする座談（宇髙・犬飼・和田）においては、「うたう」リズムや音律・旋律、さらには源流や歴史をも視野に入れた「歌」への発信を、ユネスコの世界遺産に認定された伝統芸能の分野から頂戴することができました。座談の一部はCDに収められ、宇髙通成能楽師の格調高い謡いと語りの声が座談に華やぎを添えています。

本書には、随所に読み応えのある「コラム」が用意されています。古代日本語・古代文学・古代史・わらべ歌研究の専門家五名が、親しみやすい表現で古代の歌の音声や音数律・リズム、歴史の領域へと読者をいざないます。高等学校での古典教育の生き生きとした実践例も紹介されており、学際的かつ楽才豊かな「コラム」も本書の読み所の一つといえます。歌の「注釈」の「訳・解説」については和田明美が分担執筆し、一首の表現の特色やリアルな古代の息吹きを伝えることを願って、言葉の意味や文法に至るまで平易に解説するよう努めました。特に、部立（雑歌・相聞・挽歌）や歴史的背景とともに歌の場への配慮をもって書き進めましたが、はからずも初期から二期・三期・四期、やがて最後の新春歌（七五九年・大伴家持）へと至る万葉の表現史と時代性が、紡ぎ出されることになりました。三十一文字《みそひと》にちなんだ「地下の万葉集」を含む三十一首の万葉歌の選定が、そのことを可能にしたといえます。「うたう」については、犬飼隆が根拠に基づいてわかりやすく推定アクセントを記し、音声のみならず「うたう」ポイントにも触れています。実際、『万葉集』の歌を解き明かしながらアクセントが見直される一方で、アクセントの側から一首の再検討を迫ることもありました。「訳・解説」（和田）と「うたう」（犬飼）双方から、相乗・相補的に新たな知見を得ることも多く、言語イメージ豊かに読む新たな方法と出会ったように思われます。『万葉人の声』は、新たなアプローチや享受の方法とともに、音声と意味との相関性に根ざした万葉研究の可能性をも秘めているようです。

いうまでもなく歌は、内から沸き起こる内発的欲求に支えられたものであり、「転楽し《うた》」さを誘ったはずです。歌を「うたう」ことを志向し、それを端緒として歌の表現のより深い理解を目指した本書全体が、一つのハーモニーをなし古代的な魅力を奏でられるならば、これにまさる喜びはありません。是非「うたうＣＤ」を聞きながら一緒にうたってみてください。最後になりましたが、貴重な資料や写真を提供してくださいました奈良文化財研究所・公益財団法人京都府埋蔵文化財調査研究センター・公益財団法人相川考古館・一般財団法人石川武美記念図書館・滋賀県立近代美術館（安田家）・甲賀市教育委員会・名古屋市博物館の関係者の方々と、「うたう」声にいち早く着目し、「うたうＣＤ付」での出版へと導いてくださいました青簡舎の大貫祥子社長に心よりお礼申し上げます。

二〇一五年一月二日

和田　明美

万葉人の声——目次

万葉人の声再現の試み

犬飼　隆

万葉集の素材になったのは声でうたわれた日本語の韻文です。以下の文中でそれを「歌」と呼びましょう。「和歌」と呼ばないのは次の理由です。[注1] この本の最初に取り上げている「難波津の歌」は、木簡や土器によく書かれ、古今和歌集の仮名序にも出てきますが、万葉集に収められませんでした。木簡や土器に書かれた歌句のなかでは三つだけが万葉集の歌句と一致する可能性をもっています。日常生活や公私の行事のおりおりにうたう機会がたくさんあり、それらの歌句のなかから取捨選択して万葉集が編纂されたのです。収められた四千五百首あまりには編纂過程で改変されたり書き下ろされたりしたものもあるでしょうが、ここではさておきます。

万葉集は目で読んで楽しむように書かれていますが、歌を声に出してうたうことができたはずです。木簡や土器などには歌が漢字の訓でなく万葉仮名で書かれています。声に出してうたうためです。[注2] どんな声でうたったのでしょうか。それを再現しようと試みました。以下、どんな考え方で、どのように再現したか、そのためにどんな手続きを行ったかを全般的に説明します。まねをしてうたっていただくときの要領も少し添えました。もとにした学説については末尾の参考文献をご覧下さい。

1．子音と母音の組み合わせ

日本語の発音は子音一個と母音一個が交互に並ぶ仕組みです。現代語では、「一切」をローマ字で便宜的に書くと（以下この前提条件を省略します）issai になるように、子音が並ぶときがあります。「扇」は oogi オオギまたはôgi オーギになり、はじめのオが繰り返されるか伸びます。このような、単語のなかの子音連続、母音連続、長音は中世の日本語からです。万葉集の時代にはありませんでした。

2. 子音の音色

子音は現代語とかなりちがっていました。それを知る手がかりの一つは、万葉仮名として使われた漢字の音よみです。古代中国の漢字の音は精密に研究されています。日本語の子音をあらわすのにふさわしい音の字を選んだはずなので、裏返しにどんな子音だったか推測できるわけです（次の節に述べる母音についても手続きは同じです）。ハ行にはp-ではじまる字があてられています。f-ではじまる漢字はなかったので日本語はf-だった可能性もあります。もう一つの手がかりは、日本の文献や方言にもとづく研究の成果です。たとえば、中世のお伽草子にネズミの声を「しうしう」と書いた例がありますし、最近まで高知県などに月をトゥキのように発音する方言が残っていました。

まず、ハ行子音はpa、pi、pu、pe、poまたはfa、fi、fu、fe、foのように唇を使って発音しました。古くはp-、奈良時代にはf-だったと考えるのが多数意見です。フは現代でも唇をすぼめますが、もっとすぼめたでしょう。また、語中のハ行子音は平安時代の末からワ行音にかわり、さらにア行音と区別がなくなりました。たとえば「顔」はkafoからkawo、さらにkaoにかわりました。「ハ行転呼」と呼ばれる現象です。奈良時代にはまだこの変化がおきていませんので注意してください。

タ行、ダ行のイ段とウ段はti、di、tu、duでした。現代のチ、ジ、ツ、ズはtsi、dziまたはzi、tsu、dzuまたはzuのように変化しています。後ろの母音の発音にあわせて中世に子音の音色が変わったのです。うたうときとくに注意してください。サ行子音は古くはs-でなくts-だったようです。奈良時代も高齢者や強調した発音ではts-になったでしょう。[注3]

なお、単語の頭のシや文の末尾のスの母音が消えてしまう「母音の無声化」は、現代の東京方言などでは規則的に起きますが、奈良時代の中央語はそうではありませんでした。「草」のクとか「北」のキなどについても同じです。無声化する地方の人は注意してください。この本の付録CDではたとえば「しぐれ」をスィグレと聞こえるようにうたっています。

もう一つ現代語との違いが大きいのは濁音です。ガ、ザ、ダ、バ行は「カンゼ（風）」のように鼻にかかる音でした。現代も京都、東京などの高齢者がガ行鼻濁音を保持していますが、それはすべての濁音が中世には鼻にかかっていた名残りです。実は中世語の鼻濁音は変化してそうなったのか古代語からそうだったのか、研究者の間で議論があります。この文の筆者は古代からの立場をとっています。また、鼻にかかるといっても、濁音の前の母音が鼻母音になるのか、濁音の子音の前に鼻音が入るのか、濁音が鼻子音になるのか、複数の可能性があります。現代の鼻濁音をもつ方言もそれぞれに異なります。平城京の標準的な状態を推定することができないので、付録CDではいずれかの鼻音にしてうたっています。うまくまねできない人は、バはマのように、ダはナのように意識してみてください。付録CDの「難波津の歌」の「今は春べと」はイマファファルンベトのように聞こえるはずです。謡曲のなかでこの歌をうたうときの発音を取り入れました。伝統芸能に、古くは faru ＋ fe が farube でなく farumpe だったことが保存されていると考えたわけです。

3. 母音の音色

現代日本語は五母音体系です。奈良時代には八つの区別がありました。「上代特殊仮名遣い」と呼ばれる現象です。八母音体系だったと単純に言われるときがありますが、そうではありません。日本書紀や古事記の万葉仮名を見ると、母音をあらわしている要素に八つの区分がたてられるということです。日本書紀の万葉仮名は、教養の高い外国人の耳で日本語を精密に聞きわけた結果を反映している可能性が大きく、漢字としての音が子音、母音をあらわすのに最適の字を選んでいます。古事記の万葉仮名は、字は普通に使われるものを中心に選んでいますが、八つの区分は日本書紀にならっています。日本書紀よりモの区別が一つ多いのは、聞きわけた人の耳が違っていたということでしょう。七、八世紀の日本人がみな同じように区別していたとは限りません。この文の筆者は、母音の音色が意味の違いを区別してあらわすか否かという基準にてらせば、多くの日本人にとって母音の数は平安時代以後と同じく五つだったと考えています。それを前提にして付録ＣＤで母音の音色を次のようにしています。これが正しいというのではなく、うたうときの実際的な割り切り方です。要するに、上代特殊仮名遣いでイ乙類、エ甲類、オ甲類の母音に限って特別な発音をしました。それにあわせて歌句のよみがなもゴチックにしてあります。

ア　現代のアと同じでかまわないが、可能なら口の開きを明瞭に。

イ　大多数をしめる上代特殊仮名遣いで甲類のものは現代と同じに。語彙が限られている**乙類**のものはウとイとの中間の音色。一つの母音のなかでウで始まってイで終わるように。

ウ　現代のウでなく唇を明瞭に丸めて発音する。ウは東京など現代の多くの方言で唇を丸めなくなっています。「唇音退化」と呼ばれる史的変化の一つです。丸めてうたって古代語らしく聞こえるように注意してください。関西育ちの人はふだんと同じでよいでしょう。

エ　大多数をしめる上代特殊仮名遣いで乙類のものは現代と同じでかまわない。語彙が限られている**甲類**のものは、やや長く、一つの母音の頭にイが聞こえるように。

オ　大多数をしめる上代特殊仮名遣いで乙類のものは現代と同じでかまわない。語彙が限られている**甲類**のものは、やや長く、唇を丸めて。うまくまねできない人は母音をウのように意識してみてください。「を」をゥオのように発音する要領です。

特別な発音をする母音について説明しておきます。付録ＣＤでうたったときの割り切り方、ひいては、この文の筆者の上代特殊仮名遣いに関する理論的立場です。

イ乙類とエ乙類は、ウ、オ、アの後に接尾辞イのついたものが融合して一つになったという有力な仮説があります。たとえば、「くだもの（木になる実）」のクにイがついたku-iのu-iや「こだま（木の精）」のコにイがついたo-iからイ乙類の母音ができて「き（木）」になり、「まぶた（目の蓋）」のマにイのついたa-iからエ乙類の母音ができて「め（目）」になったというのです。日本語は語の中で母音が並ぶのを避けることからみて納得が行きます。現代も同様の現象が各地の方言で盛んに起きています。江戸っ子の「入って」が「へえって」になり、濃尾方言で「低い」が「ひくぃー」になっていたたぐいです。

イ乙類とエ乙類は、「雨」のメのように、単語のおわり、学術用語で言う「形態の末尾」にしか出てきません。「木」や「目」は一音節ですから頭がすなわち末尾です。国語辞典をひいてみてください。エ段の項目は他の段より少なく、そこから漢語と外来語を引き去ると一音節語が残ります。「えだ（枝）」のダなどは接尾辞です。

奈良時代の動詞の活用語尾では、上二段活用と下二段活用の未然形、連用形がイ乙類とエ乙類でした。平安時代に四段活用連用形に音便が生じましたが、上二段と下二段には生じませんでした。連用形の母音は四段はイ甲類です。上二段と下二段のイ乙類、エ乙類はもと二つの母音だったのでやや長く、そこで語がおわるはずだったので助詞「て」との結びつきがさまたげられたのでしょう。それを考えて、付録CDでは、たとえば「秋萩」の「萩」のギは乙類ですが、グィのように発音しています。

エ乙類の音を持つ語はかなり多くあります。母音のなかでアが最も多く使われるからです。そして、アの次に多く使われる母音はオ（乙類）ですが、母音エはオに接尾辞イがついたものからもできた可能性があります。たとえば「せ（背）」は「そむく（背を向く）」のソ乙類にイがついた可能性があります。「目」もマだけでなく「守る（目で見続ける）」のモにイがついたのかもしれません。そのようにしてエ乙類の音が単語の頭に多くでき、他の母音との間で意味を区別するはたらきが確立したのだろうと想像できます。別の言い方をすると日本語の母音体系に新たにエが加わったということです。

母音エの音色は幅が広かったのでしょう。古墳から出土した鏡や剣に漢字で日本の固有名詞が刻まれています。中国の書物や日本書紀のなかの朝鮮史料と呼ばれる部分にも日本の固有名詞が書かれています。それらは漢字の音よみを借りて日本語の発音をあらわしていますが、日本の万葉仮名ならエとよむ字をあてるところにオやアによめそうな字をあてているのが目立ちます。聞いた外国人の耳と日本語の母音の音色との両方の問題でしょう。そこで、付録ＣＤではエ乙類の発音に特別な配慮をしていません。

母音エのなかで、特殊な事情、学術用語で言う特殊な「音韻論的環境」で発音されるものは、音色も特殊だったでしょう。たとえば「け（異）」のように常に強調して発音する語などのエが甲類です。また、四段活用の命令形はエ甲類ですが、連用形で催促する用法に助詞「や」のついた～i-ja が融合して命令形ができたとする説があります。上二段、下二段活用の命令形は連用形に「よ」のついた形ですから納得が行きます。そこで、付録ＣＤではエ甲類の音をィエのように発音しています。ヤ行のエ段と同じです。

オ甲類の母音を持つ名詞は必ず一音節です。「もも（腿）」「もも（百）」は二音節ですが、身体語彙は「乳」のように同じ語を繰り返すことがあります。「百」は、別の発音「ほ」が「いほ（五百）」のように一音節の助数詞として使われるので、接尾辞「つ」をつけるかわりに繰り返して単語にしたと説明できます。猿の鳴く「ここ」も繰り返しです。「取る」のように動詞の一音節語幹にもオ甲類になっている例があります。オ乙類は言わば普通のオで、オ甲類は一音節のときの特殊な発音という見方ができます。オは唇を丸めますが、その度合いが強くなり同じく唇を丸めるウに近くなったのでしょう。「隠り処」にコモリドとコモリヅの両方の発音があったり、木簡に書かれた「難波津の歌」の「咲くや」のクに「児」をあてた例がいくつかあるのは、その証拠です。

4．七、八世紀のアクセント

4-1. 音程を示す記号

日本語のアクセントは、ある音節がその前または後の音節と比べて音程が相対的に高いか低いかで決まります。この本では以下のローマ字でアクセントをあらわします。

H 一つの音節が始めから終わりまで高く平らな音程。

L 一つの音節が始めから終わりまで低く平らな音程。「このはな」のようにLが続くと、その末尾で少し上がる。

R 一つの音節の頭から末尾へ向かって上昇する。

F 一つの音節の半ばから急下降する。前のアクセントによって始めの高さが異なる。「あさし(浅)」HHFの末尾のようなHとFの連続は、前のHの高さが平らなままFの頭につながり、HLと同じになる。終助詞「かも」のようなFとFの連続は、速い発音、ぞんざいな発音ではHFと同じになる。ゆっくり丁寧に発音すれば音程の山が二つできる。「あき(秋)」のようなLとFの連続は、前のLの末尾で音程を短く押し下げてからFの音節の前半で急上昇し後半で下降する。

4-2. 方向性アクセント

日本語のアクセントが音程の高低によることは研究者の意見が一致していますが、その仕組みについて議論があります。大きな対立の一つが、個々の音節にH、L、Fの旋律がついているという考え方と、語が高い音程あるいは低い音程ではじまってそれが途中でおわったり末尾まで続いたりするという考え方の違いです。前者は東京式アクセントをもとにした現代共通語を説明するのに適しています。平城京や平安京で話していたアクセントは、後者の「方向観」で説明するのがよいと、この文の筆者は考えています。[注4] 現代の関西方言には語の音程を高くはじめるか低くはじめるかという規則があります。高くはじめて末尾までとくに下げることをしないと高起式平板型アクセント、低くはじめて末尾まで下げ続けると低起式平板型アクセントになります。関西の伝統的な発音では語がはじまる前に音程を上げる指示、下げる指示が脳から出て声帯の筋肉が動き出します。これは実験で確かめられています。[注5] だからアクセントの高起、低起の式の別をつくることができるのです。古代も同じだったでしょう。現代の東京などの人は語がはじまるときに声帯の筋肉を動かしはじめます。語の頭に必ず音程の上がり目が生じるので式の別ができません。

筋肉運動はすべて「へ」の字型に推移します。トップスピードになるまで少し時間がかかり、続けているうちに疲れて次第に落ちます。音程も声帯の運動でつくられますから、高さを保とうとしても自然に少しずつ下がります。関西方言は低さを保つのにも専用の筋肉を使うので末尾はゆるんで少し上がります。語の途中で急に下げたり上げたりすると、言語信号、つまり平板型以外のアクセントになります。低起式の語中で上げるとき、上げるのは一音節だけです。その後ろの下がり目が言語信号になるのでしょう。

4-3. 七、八世紀のアクセントを推定する方法

古代のアクセントを知る主な資料は声点《しょうてん》と節博士《ふしはかせ》です。邦楽で音程や旋律をあらわすのに使われた記号は他にもあり、歌や言葉の抑揚を説明した書物もありますが、説明を省きます。

平安時代末期の大きな字書『類聚名義抄《るいじゅみょうぎしょう》』は、漢字に片仮名で訓よみをつけています。その片仮名に朱の墨で点がついているときがあります。それが声点です。中国の漢字の四声をあらわす記号を日本語のアクセントに応用したのです。字の左下の位置が平声、左上が上声、右上が去声、平声より少し上が東声です。東声は平声軽《ひょうしょうかる》とも呼びます。平、上、去、東のあらわす旋律はそれぞれLow、High、Rise、Fallだったと推定されています。Fall は Down で示すときもあります。類聚名義抄の声点は、それ以前につくられた字書『和名類聚抄《わみょうるいじゅしょう》』などからの引用と、平安時代の漢文につけられた漢字の訓よみをもとにしています。声点を歌の抑揚をあらわすのに応用した資料もあります。平安時代に日本書紀の歌謡につけたもの、鎌倉時代に古今和歌集につけたものなどです。

節博士は墨譜《ぼくふ》とも呼びます。声明《しょうみょう》は仏教でうたう歌謡です。鎌倉時代初期に真言宗でまとめられた「四座講《しざこう》

式《しき》」はその一つです。抑揚や声の伸ばし方などを歌句の右に短い墨の線で書き入れて示します。それが節博士です。最も多く使われるのは右上がりまたは右下がりの斜線と平らな線です。それぞれ、より高い音程とより低い音程をあらわします。「の形の線は右下がりの線から平らな線の音程へ下降する音です。それらを前後の関係を見て組み合わせるとH、L、Fになります。Rは鎌倉時代にはなくなっていました。うたい方なので言葉のアクセントそのものではありませんが、邦楽は言葉の意味がわかるようにうたいますから、アクセントが反映します。四座講式から再現したアクセントは類聚名義抄とよく一致することが確かめられています。節博士は謡曲にも採用されています。

　こうして平安時代末期のアクセントはよくわかるのですが、七、八世紀の状態は最善を尽くして推測するほかありません。日本書紀の万葉仮名の一部は漢字として持つ四声を日本語の抑揚にあてているという説があり、信用してよさそうです。それをもとにすると、奈良時代のアクセントのおおまかな仕組みは平安時代と同じであったと言えます。その一方、平安時代以降の最も大きな史的変化は単語アクセントから文節アクセントになったことです。意味やはたらき方を区別する性格が薄れて、語をまとめる性格が強くなった変化と言えます。以下、その変化を逆にさかのぼって、より古くの状態を再現しようと試みます。

4‐4．各品詞のアクセント

　名詞のアクセントは比較的によくわかります。声点の資料がなくても、「類別語彙」という概念を使って推定できます。アクセント別に名詞のグループがあって、Aの方言とBの方言とでは高低の配置がちがっていても所属する語彙は原則的に同じです。これが史的変化にもあてはまります。現代京都で同じアクセントの語は古代も同じグループだったはずです。ただ、いろいろな事情で別のグループに変わることがないとは言えません。とくに高起式平板型と低起式平板型との交替はよくあります。類別語彙と声点資料とが矛盾するときは声点を優先して決めます。難しいのは固有名詞のアクセントです。声点資料に出てきませんし、理論的にも傾向がないというのが実情です。漢字の訓よみを借りた万葉仮名は借りた訓のアクセントを考慮しているという説がわずかに利用できました。[注6]

動詞と形容詞のアクセントは、古代から現代まで、特別な語を除いて二種類しかありません。現代には一種類になっている方言もありますがさておいて、平安時代の京都方言ではＨＨＬのような高起式とＬＬＦのような低起式の二種類でした。音節数が多くなってもＨまたはＬの音節が伸びるだけです。動詞の活用語尾は、その文法的な機能にふさわしく、未然形と連体形はＨ、連用形と終止形と已然形と命令形はＦでした。音程を下げなければ続き、きっぱりと下げれば切れる理屈です。形容詞の終止形と連体形はＦでした。平安時代は、現代の形容動詞と同様に、語幹と語尾の一つの語としての結びつきが弱かったと言われています。連用形は「長く」ＬＨＬのように末尾の一つ前に下がり目がありました。連用副詞と同じ形です。類別語彙と声点資料とが矛盾するときは声点を優先します。

助詞は、平安時代まで、前につく名詞にかかわらず独自のアクセントでした。現代でも助詞を単独で発音すればアクセントがありますが、文中では前の語のアクセントに従って文節アクセントをつくります。大きな違いです。そして一音節の助詞はその機能にふさわしい音程でした。多くの格助詞と係助詞「は」はＨ、接続助詞「て」もＨ、格助詞の引用の「と」と接続助詞「ば」はＬ、「は」以外の係助詞はＦ、副助詞「し」もＦです。並列の「と」は前の音節と反対の高さで並列の関係を明示しました。連体の「の」は前の高さに従います。二音節の助詞のアクセントはよくわかりませんが、他の品詞から転じたり複合してできたものが多いので、それが手がかりになります。たとえば係助詞「こそ」は「此」に「そ」がついたとするとＨ＋Ｆですが、声点資料に期待どおりの例があります。

助動詞の古代アクセントの推定は助詞より困難です。歌に使われる助動詞は類聚名義抄や四座講式などの仏教系の書物に採録されにくいので、声点資料が少ないのです。しかも、助動詞は文法で一つの品詞にまとめられていますが、多様な性格の語の集りです。動詞の語尾が独立した「む」、補助動詞から転じた「ぬ」「つ」などは動詞のアクセントをあてはめることができます。よく使われるので声点資料にも出てきます。「けり」は「き(来)」＋「あり(有)」という語源が手がかりになります。存続の「り」は、四段活用の動詞連用形に補助動詞「あり」がついた〜i-ariの、i-aが融合してエになったのを活用語尾とみなし、切り離したriを助動詞として扱っているわけですから、F＋LFからの変化を考えます。そのように、資料にもとづきながら理論を駆使して考えるほかありません。

副詞類のアクセントを推定するのは非常に困難です。類聚名義抄や四座講式のような漢文の影響の強い文献には出てくる機会の少ない語彙です。もともと他の品詞から転じたり複合してできたのでしょうが、歌のなかに使われるときはその文脈の表現に即した抑揚がついたと容易に想像できます。イントネーションの水準の理由でアクセントと異なる型になるわけです。「いよいよ」のような繰り返しの形の副詞はＨＨＬＬのように前半と後半が違う高さになり、「こきし」のような三音節語はＬＨＬになるなど、部分的な規則しか得られません。とくに擬声語、擬態語は今後の課題です。

4－5．自立語と自立語がつながるときのアクセント

平安時代まで複合動詞のアクセントは二つの動詞の並びでした。たとえば漢語「悔悪」を訓よみした「くいにくむ」という語があります。現代ならアクセントはＬＨＨＨＬになります。つながった信号として「憎む」の頭のＬがＨにかわり全体で抑揚が一つの山になるのです。しかし、類聚名義抄のこの語の声点は平上平平上です。「悔い」ＬＦと「憎む」ＬＬＦがそのまま並んだ形です。

複合名詞は、現代は、たとえば「阿蘇」「富士」に「山」がつくとＬＨＬＬ、ＨＬＬＬになります。アソのＨＬの高低を逆にし、サンの頭のＨをＬにかえて、四音節全体で高いところを一つにする規則です。古代のアクセントが先にふれた「方向」性だったとすると、複合名詞の前の部分が高起式なら高い音程、低起式なら低い音程

を続ければ、全体がつながる信号になったはずです。[注7] 類聚名義抄のいろいろな写本から実際の例を集めて整理してみるとそのとおりです。[注8] わかりやすくするために二音節の名詞と名詞が複合した例で説明します。前の部分が高起式ならほとんどがＨＨＨＨかＨＨＨＬになり、低起式ならほとんどがＬＬＬＬかＬＬＬＨになっています。ＨＬ＋ＬＬもＨＨＨＨになり、ＬＨ＋ＨＨもＬＬＬＬになるのです。高起式の末尾のＬは「へ」の字型に自然に下がった、低起式の末尾のＨは下げ続ける筋肉運動がゆるんだと説明できます。例外にはＨＨ＋ＬＨがＨＨＬＨ、ＬＬ＋ＨＬがＬＬＨＬのように、もとのアクセントのままのものが目立ちます。この状態からさかのぼれば、古くは、名詞が結びついてもアクセントはそのままが基本、複合を示す平板化も起きていたと推測できます。そこで、複合名詞は原則的にもとのアクセントを並べ、「かぐやま」のように声点資料に平板化した証拠があるものはそれを採用しました。

4－6．七、八世紀の特徴的なアクセント

奈良時代はＲ、Ｆのアクセントを持つ語が平安時代より多かったと、この文の筆者は考えています。前の節までに述べたような「方向」性の単語アクセントであったことと合わせて、平らな基調に上がり下がりが頻繁に出てくる印象の話し方だったと思います。俗に古代は話し方がゆっくりだったと言われます。上げ下げも、子音、母音の丁寧な調音とともに、容易にできたでしょう。

Ｆは、古代には一音節語か語の末尾に限ってあらわれます。３節で述べた母音のイ乙類、エ乙類の起源と同じように、もと二つの母音についていたアクセントが一つになって曲調の旋律ができたと説明できます。その後、アクセントの語をまとめる性格が強くなる変化につれて、前後のＨとつながってＦの頭の短い下げや音節後半の下降が平らにならされ、現代の関西方言では一部の名詞の末尾だけに残ったわけです。

Ｒについては研究者の間で議論があります。アクセントではなく限られた語に何らかの事情でついた旋律かもしれません。鳥の名「しめ」「ひめ」はＲＨです。このＲは鳴き声のまねでしょう。しかし「はぎ（脛）」のＲＬ

は、「はぎ（萩）」のＬＬとアクセントで意味を区別するのならＨＬでもよいはずです。このＲは二つの母音が一つになった旋律と見たほうがよりよい説明になります。類聚名義抄に「はぎ」の横に「あ」を書き添えて平（上）平の声点をつけた例があり、「あぎ（顎）」がＨＬであることが参考になるでしょう。「め（女）」もＲです。神名「いざなみ」の一部になっているように「女」は古くはメ甲類でなくミでした。Ｒはミの後に何かの要素がついてメになった名残りとみることができます。参考文献を読んでいただきたいのですが、Ｒは一音節語か語の頭に限ってあらわれます。現代の京都でも「木」や「手」をやや長く、末尾を少し上げて発音します。コ、タのＬに接尾辞イのＨがついたとすれば納得の行く説明になります。こじつけになってはいけませんが、感動詞「あ」、不可能表現「え…ず」のエ、「無」や「何」のナなどのＲも、意味や機能を区別する性格のアクセントであったことと整合します。

5．節回し

歌の節回しは音楽の問題ですが、言語の研究から言えることもあります。まず日本語のアクセントの高低は前後との相対的な違いですから、うたうときＨが文中の別の箇所のＬより低くなっても問題ありません。逆もまた同じです。そして、現代の日本語話者は音程の急な下降動態を言語信号として聞きます。これは実験で確かめられています。[注9] 古代も同じだったでしょう。ですから、うたうときアクセントの下がり目を守れば言葉の意味がこわれません。下がり目をつくって意味を確保した後なら、また上げたりゆらしたりして音楽として美しくすることができます。

普通に話すときも文にメロディーがつきます。その要素をまとめてプロソディと呼びます。古代語のプロソディを知る手がかりはほとんどありませんが、うたって歌意を表現するには必要な要素です。現代の話し言葉の理論から次の三つがあてはまるでしょう。

文中のある部分を強調するために、声を大きくする、声色を変える、前後よりゆっくり発音するなどの手段が言語信号として使われますが、普通に、そして頻繁に使われる信号は、とくに高くすることです。関西方言の低起式の語ならとくに低くすることです。文には伝えようとすることがらの焦点になる情報が必ず一つはあります。それが、俗に言う、うたいあげるところにあたるわけです。

文全体のイントネーションは一つの「へ」の字型の抑揚のなかに小さな「へ」の字型がいくつかおさまり、そのなかにさらに小さな「へ」の字型がいくつかおさまる形になっています。文には大小の意味の切れ目がありますが、切れ目の大きさに応じて「へ」の字型の大小がかわります。たとえば、歌に多い条件文は、前半の条件句とそれをうける後半の句それぞれが「へ」の字型の抑揚になり、逆接の文は後半の「へ」の字の高さが順接の文より高くなります。[注10] 一首が二つの文からできている場合もこの関係があてはまります。

文のなかの意味の切れ目には息継ぎが入るときがあります。言語学で言うポーズですが、その長さの大小も意味の切れ目の大小に対応します。たとえば、逆接の文は条件句の後にイントネーションのリセットとともに息継ぎが入るときがあります。次の語句を強調する信号として、わざとポーズを置くこともよくあります。俗に言う間合いです。

現代に伝わる邦楽はほとんどが鎌倉時代の声明の曲付けをもとにしています。それより古い万葉歌はどんな曲付けでうたったのでしょう。それは座談をお読みください。

注

1　詳しくは拙著『木簡から探る和歌の起源』（笠間書院、二〇〇八年）参照。

2　以前は万葉仮名を書く練習と考えられていましたが、最近は目的があって書いたと考える説が広まっています。注1の拙著、栄原永遠男『万葉歌木簡を追う』（和泉書院、二〇一一年）など参照。

3　たとえば英語の thousand は「千も！」のように強調した発音では頭が片仮名で書けばサよりタに近い音になります。

4　この考え方は池田要「近畿アクセントの体系」『国語アクセント論叢』（法政大学出版局、一九五一年（構想は一九四二年公表）が代表的です。ただ、池田氏は低起式を「上昇式」と見ていますが、下げ続けるための筋肉がはたらいていると後に実験で確かめられました（注5参照）から、高起式の自然下降と同様に、低起式は自然上昇すると見るのがよいと思います。

5　詳しくは藤崎博也、杉藤美代子「音声の物理的性質」『岩波講座日本語5音韻』（岩波書店、一九七七年）など参照。

6　鶴久「萬葉集における借訓仮名とアクセント」『香椎潟』35、一九九〇年

7　現代の関西方言については和田実「近畿アクセントにおける名詞の複合形態」『音声学協会会報』71号一九四二年一〇月を読んでください。

8　詳しくは拙稿「古代語の文音調を再現する試み」『文法と音声Ⅱ』（くろしお出版、一九九九年）参照。なお、その注7（237頁）をこの機会に抹消し、そこに引用した木部論文の記述は次の注8に移します。佐藤栄作氏は～ＨＬを語アクセントが落ち着いて安定する型であると考えていません。佐藤氏にお詫びするとともに、同じ用語を異なる定義で使うときは説明を加えるように望みます。また、その拙稿には類別語彙の分類に一部誤りがあります。ここで述べている趣旨には抵触しませんが、あわせてお詫びします。

9　杉藤美代子の言う「おそ下がり」（『日本語音声の研究4音声波形は語る』和泉書院、一九九七年など参照）は、日本語のアクセントを認識するとき、音程の相対的な高低よりも下降動態が重要であることを示したものです。

10　杉藤美代子、犬飼隆、定延利之「文の構造とプロソディ」『文法と音声』（くろしお出版、一九九七年）など参照。

参考文献

（2、3節関係）

有坂秀世『国語音韻史の研究　増補新版』三省堂、一九五七年

馬渕和夫『国語音韻論』笠間書院、一九七一年

亀井孝『日本語のすがたとこころ（一）亀井孝論文集3』吉川弘文館、一九八四年
松本克己『古代日本語母音論　上代特殊仮名遣いの再解釈』ひつじ書房、一九九五年
森博達『古代の音韻と日本書紀の成立』大修館書店、二〇〇四年
高山倫明『日本語音韻史の研究』ひつじ書房、二〇一二年

（4節関係）

金田一春彦『四座講式の研究』三省堂、一九六四年
小松英雄『日本声調史論考』風間書房、一九七一年
望月郁子『類聚名義抄四種声点付和訓集成』笠間書院、一九七四年
桜井茂治『古代国語アクセント史論考』桜楓社、一九七五年
奥村三雄『日本語アクセント史研究―上代語を中心に―』風間書房、一九九五年
秋永、坂本、鈴木、上野、佐藤『日本語アクセント史綜合資料　索引篇』東京堂出版、一九九七年、同　研究篇、一九九八年
杉藤美代子『日本語音声の研究6柴田さんと今田さん』和泉書院、一九九八年
秋永一枝『日本語音韻史・アクセント論』笠間書院、二〇〇九年

《座談》万葉集をうたう

宇髙　通成
犬飼　隆
和田　明美

はじめに

座談に先立って、宇髙師から講話をいただきました。付録CDは、宇髙師から授けられた次の三つの基本型をもとに旋律の節を付けています。

・儀式の歌は高めの音程でうたい、抑揚をあまり上下させない。
・恋の歌は中くらいの高さでうたい、抑揚を明瞭にして言いたいところを特に高くする。
・哀傷歌は中音から低めの音程でうたい、あまり抑揚を上げないようにする。

師は、この基本旋律の根拠となる理論を、能会を一日で行う際の光の推移にたとえて、以下のように説かれました（著者による取意）。

・朝早くは神の時間である。空気が冷たく澄んでぴんとはりつめた光のなかで「高砂」のような神の能をこの時間に演ずる。儀式は祝い事であり神がでてくるので、高く緊張した調子がふさわしい。
・昼が近付いて活気が出てくる頃には、「田村」のような力強い男もの、修羅ものを演ずる。そして昼が過ぎて大地がやわらかになる時間には女ものを演ずる。恋の歌は、昼の光のように感情の起伏と言葉の意味を明瞭にしてうたうのがふさわしい。

・日が傾いて鮮明だったものが遠くなっていく頃に、おぼろな光のなかで「隅田川」のような狂いものを演じ、夕方の誰《た》そかれ時には鬼や生霊の能を演ずる。哀傷歌は、そのように低い中音でうたうのがふさわしい。

これをうけて座談をはじめました。

日本人の感動を声にする伝統

犬飼　それは謡曲の中でのことなのですが、日本語でうたうということからしますと、自然のことというふうにお考えなんですね。つまり謡曲という特別な様式と申しますか、理屈の中でのことではなくて、日本語でうたうとすれば自然にそうなるものだろうと。

宇髙　そうですね。謡曲独特の言い回しとか、特にそういううたい方、テクニックみたいなものが音楽性として洗練されて来たのは明治あたりになってからですね。

ですけれども、昔はもう神と一体になるということが一番の目標でした。シテという主役の演者はまず舞台に登場したら観客に向かってではなくて、松のほうに向かって第一声を捧げる。ということは、出て来てすぐ観客にお尻を向けて声を出す。明らかにそれは松に、影向する神に捧げる。そして次にお客さんに向かってうたう。神に捧げる芸能ということは、これは人間が、最終的には人間をつくるのですけれども、非常に優れた、繊細な、感受性豊かな人々がこの時代に集結し、そして実際に朝早く、あるいはいま申し上げたような神様もの、そして修羅もの、そしてお昼からの女性もの、狂いもの、あるいは生霊、死霊、鬼なんかの能と、こういう時間帯にそぐう謡を、発見をしながら改革をした。そして少しずつ統一されて伝播されたということは、全くこれはある意味で人為的ではありますけれども、実際、日本の一日の気象、気候、あるいは時間といったものがなせる自然の声の反映ではないだろうかと考えております。

犬飼　そうしますと私どもも『万葉集』の歌というのは単なる楽しみでうたったのではなくて、ひとつの意味があってうたったものだという考え方に立っているわけです。いま先生がおっしゃった神と一体になるというのはとても印象的なお言葉です。日本人が日本語でうたって、ある一日を過ごしていくということからすれば、自然の成り行きだったたと理解してよろしいのでしょうか。

宇髙　そうですね。和歌の道、第一、「……鬼神をも（あはれとおもはせ、をとこ女のなかをも）やはらげ、（たけき）もの、ふのこ、ろをも、なぐさむる（は哥なり）」。

和田　『古今集』にありますね。仮名序に。

宇髙　『古今集』ですね。

結局は神、あるいは神以外の目に見えないものを感ぜしむる。そうすると、おのずと人間たちは感じる。一番の目的は神の存在、あるいは見えない存在に向かって、そういう人の感動を呼び起こすために和歌、歌というものはあるのではないかと、そんなふうに思います。

犬飼　これはちょうどアクセントの再現をする時に、平安時代の終わり頃の状態が分かっているので、そこからさかのぼれば、奈良時代はこうであったんだろうという方法を私どもはとったわけですけれど、いまの先生のお教えを受け止めると、謡曲は中世のものですけれども、そこに表れているものはやはり日本語でうたう日本人の感動を表現していくというのでは伝統を受け継いできて、その時に謡曲、能というかたちになったものだという、そんなことでよろしいでしょうか。

宇髙　はい。

犬飼　そうすると、それをさかのぼって『万葉集』をうたう時に私たちがそのうたい方を適用したのは、やはり方法としては筋が通っているということになりますので、大変ありがたく存じます。

日本先住民族の音楽があったか？

宇髙　さっき先生のおっしゃったいわゆる仏教音楽も仮面音楽も含めて外来のものですので、外来から大変大きな影響を受けてでき上がったものが古来のものとして現代に影響を及ぼしている。ところが先ほど先生がおっしゃった、先住民族の、つまり日本そのものの伝統の音楽というものがひょっとしてあったのではないか。これは大変、私はびっくりしました。実はあってほしいと長い間思っていたんですが、実際にあるということはまだ研究もしておりません。

能面、仮面の、例えば飛鳥時代、聖徳太子の時代に伎楽が伝わって来て、だいたいそのルーツは中央アジアの敦煌より西、ペルシャまでのシルクロード、この辺にクチァというところがあるんですが、これは胡の国にあたるんです。ここでやる胡旋舞、とにかくクルクルクルクル舞って、これが仮面をかぶっている。胡酔王というんですけど、胡の国の王が酔っぱらっているという。それが頬を赤らめて、とにかくこうしてクルクル舞うんです。それはブドウの収穫があって、そこから造ったお酒類で祝うんですね。例えば北伝ですとブータンとかネパール、そして中国、ベトナムの北のほうを通りまして韓国を経て日本に来る。

ですけどその度に、だいたい大きくて外面的な表情だった仮面が、日本に近づくにつれてどんどん小さくなって、しかも目が動いたり口が切ってあって中から舌が出てくるような細工のものが、どんどんと仏さんの顔のようなものになる。そして日本に来て一八〇度転換して、外面的表情の面が内面的表情に変わっていく。ここの劇的な変化。

音楽も、実はこのウルムチなんかで胡旋舞に使われる音楽というのはもう本当に、これが何人も拍子を手で打って、その間に入れ拍子をして、ものすごく速い。そういう音楽に合わせて歌をうたっているんですけど、それがだんだんこちらへ近づいて来るにつれて、少し緩やかになる。ですが、日本に入って来て激変して、全くこの音楽だけを見てみると、音楽的に日本の、例えば『万葉』の歌そのもののうたい方が、アジアの影響を受けたとは、なかなか言いにくいです。そこにオリジナルの日本のものがきっと何かあったのではないか。そうでないと考えられない。

犬飼　私は言語が専門ですけど、歴史学の方々ともいろいろお付き合いがございまして、いつも話しているのは、日本の文化は中国をはじめとして外国のものを非常に巧みに目ざとく取り入れるのですけれども、そのまま受け取ってしまうことはしない。どこかで自分流にと申しますか、日本流に噛み砕いてしまう。噛み砕いて、悪く言えば訛り、よく言えば個性を持ったものに変えてしまうということを、いつも話しているんです。

いまの先生のお話を伺いますと、仏教音楽が伝わって来ても、もちろん道々で、例えば一度朝鮮半島に入って朝鮮文化に合わせて変わるということもあるのでしょうけれども、そういった過程をたどってきたにしても、日本へ入るともとのかたちとは違ったものになる。それは、違ったものにしてしまう力が受け取る側にあったはずです。

宇髙 そうですね。まあ、能面を見ていてももう本当に一八〇度転回して、内面的な、例えば右と左は頬の高さが違っていますし、陰陽の目で、右と左と角度が違います。目のくり方も丸と四角で、そして髪の毛の真ん中は、左側が真ん中になっています。ということは、正面側が主にお客さんですので、そこから見た時に真ん中だと額が狭く見える。そういった工夫です。それはきっと、四海を海に囲まれて四季というものが日本はある。「四海波静かにて」と言いますが、元寇の乱はありましたものの、長い間、外国からそういう影響を直接受けることはなかったので、皆が海のほうにお尻を向けて、いわば内向きになった。内向きのそういう熟成が、きっと能面を内面的にしたのではないか。

そういう意味では、北伝のほうはどちらかというと寒い国が多いので、北伝の中で生まれた仏教音楽というのは生きる喜びを、そして収穫の喜びを表した音楽が多いのです。南伝のほうはスリランカ、タイ、ミャンマー、ラオス、カンボジア系統です。こういうところは暑い国ですので、昼間はとても喜びどころではないんです。

ところが、夜の帳《とばり》が下りた後は非常に静かで温度も下がる。もともと森の国ですから静寂があって、自然の叙情的な音楽、インドですとシタールのような、あるいは一絃琴というのがこの辺の時代にあったと思うんです。これは一本の絃で、それこそ歌をうたう。やかましい北伝のワーッというのに比べて、これは叙情的です。これの影響を日本はずいぶん受けているような気がします。

犬飼 それは、影響というふうにお考えですか。それとも、もともとあったものがそういう性格とお考えでしょうか。

宇髙　いや、もともとあったものをぜひともこれから発掘といいますか、そこにスポットを当てた研究をぜひやりたいと思っています。影響を受けたことは受けたと思うんですが、オリジナルのものがなければ、これはもう。

　私の専門の能面でも、韓国に安東というところがあるのですが、そこは韓国の仮面を作っている人たちがいて、交流があった。そこから伝わってきた日本の面で切り顎というのはちょっと口が開いているんですけれども、それは全く能面のルーツとは言い難い。もし間があるとすると、それこそ十段階もあってというなら分かりますけど、韓国から日本はすぐなのに、その仮面が一つ二つ（の段階）で能面になることは絶対ない。これは日本にオリジナルの仮面があったと考えられる。それで、影響を受けたことは受けたと思うんです。

　だから音楽もきっと影響を受けたことは受けたのでしょうけれども、日本特有のオリジナルの音楽、うたい方というものがなくてはならない。

外来の影響と固有のものと

和田　古代歌謡のうたい方ですが、琴歌譜もですけれど、『古事記』の歌謡のうたい方は、先生も興味をお持ちの軽太子と軽大郎女など、最初は本当に抑制されたうたい方です。志良宜《しらげ》歌は、しりあげ（尻上）歌なんですけど、だんだん上がっていって上歌《あげうた》になり、宮人振になり、そして天田振《あまだぶり》になり、夷振《ひなぶり》になって、最後は夷振の片下《かたおろし》と言って、高揚した恋心が終息して。『古事記』と『日本書紀』では、どちらが追放されるか、郎女なのか、皇子をどうするかは、歴史書と『古事記』は違いますけれども、そんな中で次第に高揚が終息する。だいたい『古事記』歌謡ですと、七九番から九〇番の歌謡として、『日本書紀』と違った豊かな歌謡の世界があるんです。

　そこに書かれている志良宜歌、これは尻上げ歌だろうと言われていますし、上歌というのはいまでも謡曲にある上げ下げです。宮人振、それから天田振が、どういううたい方か、ちょっと私にも分かりませんが、これは一つのうたい方ですし、中国の影響を受けていることは既に小島憲之先生あたりのご指摘はあるのです。しかし、おそらくそれだけではないだろうと。古代歌謡の中にこういううたい方の、〈何々歌系〉と〈何々振系〉と二つに分けて記されていて、琴歌譜と奇しくも一致するという『古事記』の歌謡も、だいたい三〇弱のうたい方が記されております。古来、日本のうたい方は、あるいは中国から文献が入ってきた時に、それになぞらえて整理したかもしれない。六義なんかもそうですけどね。そういうふうにして整理したのは認めますけれども、固有のうたい方が全くなくて（中国から）取り入れたとは、私も思えないです。

さっき言ったように軽太子の伝承は、うたう歌謡として編んでいますが、ただそれもいきなりできたのではないようです。最後は挽歌的なものになっていきますけれど、恋の歌もあり、そういうものを取り入れながら物語性を持った物語歌謡にしていった可能性が強いと思います。それをじゃあどううたうか、声に出すとなると、これはもう全くお手上げなんですけれども、何らか、日本的な、まだ五七五七七という定型に行かない時代の、一種の音律もあり、リズムもあり、旋律もある、何らかのうたい方があったのではないか。

そして先ほど言われた胡旋舞ですと、すごくリズムが速いと先生はおっしゃいました。しかし、宮廷雅楽も含めて、日本の伝統芸能の世界のリズムというのは、ゆっくりですよね。

宇髙　ゆっくりです。

和田　波の寄せて返す音、心臓の鼓動。

宇髙　そうです。

和田　自然の風や森や水や海といった自然の音と一体化している。神と一体化する、そういうことにもつながると思うんですけれども、その呼吸を、それこそ間合いを取り入れているのが日本の音、リズムであると思われます。そのため胡旋舞のようなものは、なかなか定着しない。

現代の若者ならいいのですけれども、いま、われわれのリズムというか音、安心感を抱く音というのは、やはり心臓の鼓動であったり、波の寄せては返すようなゆっくりとしたリズムではないかと思われます。ですから、もし一体化して渡来のものが入ってきたとして、古代歌謡にも取り入れたとすれば、やはり南伝系の方に傾いて当然だろうと思われます。

先ほどの志良宜歌だとか上歌だとか、夷振の片下だとかいう時に、うたい方について私たちは何の手だてもないですけれど、宇高先生が一つ提案されたのが今様。今様のうたい方をヒントにうたえないか。今様というのは確かに「今めかしき」今様かもしれないのですけど、今様の中には非常に伝統的な歌が残っています。例えば難波津の歌のようなものも入っていたり、ああいう系統のものもあったりするのではないかと思うんです。もちろん今様の中に難波津の歌があるわけではないですけれども。

そういう点での先生のお考えも、少しお話しいただければありがたいです。

宇高　前回（八月三十日に行われた講習）の時に、声明の中の引き上げと言うやつ、例えば「……（うたう）……」、この上げ方ですね。これがおそらくそっくり宮中でお正月なんかにうたわれている、例えば「……（うたう）……」と、こういう上げ方。この上げ方を、僕はもう本当に前から、これは直感で声明の引き上げて言う節からきているんだなというのは感じておりました。ですからおそらくそういう意味では声明の影響も随分あったのではなかろうか。

そう言いますと、謡曲の謡の中の、例えば「クリ・サシ・クセ・ロンギ」という名称なども、声明の中に組み込まれてありますし、二段グセとか、あるいは節回しの重なるところなどは、ああいう付け方も随分と影響を受けているような気がいたします。

この声明自体が、じゃあ一体どういう流れでどういうところからきているのかということですけど、中国の天台思想を考えますと、天台智顗という人が並み居る経典群の中で「五時教判」と言いますけど時代をまとめたのが、華厳、阿含、方等、般若、法華と言って、華厳が一番古くて、その次に阿含で、方等経、般若経、そして法華経。で、法華経がいわゆる大乗仏教の最高のものとされて、中国から伝わっています。その時に、もう日本のどこもかしこも大乗仏教、いわゆる法華経が一番で、どこの宗派でも法華経を大切にした。

この天台の「五時教判」のあたりに、声明というものが実際中国から伝えられてきた可能性が非常に高いです。それは宗教楽として残されて伝えられてきていますから非常に独特な言い回しで、工夫もあったでしょうけれども、根本的にはあまり変わってないと思います。

これをユリの根と思っていただきますと、このユリの根の合成するもとの地面は、やっぱり中国で育ったユリの根の、一枚、二枚、三枚ぐらいをいただいて謡曲の節付ができている。そういう解釈ができると思います。

北伝は昼間の音楽、南伝のほうは夜の音楽でやや叙情的になります。北伝の影響は、専門的な宗教の天台の思想として残されてきていますけれども、南伝のほうの仏教音楽というものは叙情的ですので、あらゆる音楽に溶け込みやすかったという点があって、どちらかというと北伝よりも南伝の音楽のほうが、日本にもたらされた可能性は高い。特に沖縄なんかにこの影響が随分残っていると思います。

この節付にしていくにあたりましては、もう本当に天台の声明、そして謡曲の技法、あるいは後白河法皇の残された今様と、この三つの方法でしかいまは探ることができませんけれども、やっぱり実際に声を出してみて、作品を作ってみて、まあ失敗作もあると思います。その中から、うん、これは言葉が生き生きと伝えられると、いままでお作りいただいた中でもそう感じたのが二、三点あります。きっと試行錯誤がまだまだ続くと思いますが、いずれこうすることによって、基本的なうたい方のセオリー、基本的な方程式というのがいくつか決まってくるのではないかと思います。まずは失敗を恐れずに数をこなして、生で感じる。聞いて感じていいというのはいいんですね。

僕は犬飼先生がうたわれると、非常に心が落ち着いた、とても静かな感じに聞こえるんです。ですからもう常に先生のDNAの中にそういったものを引っ張って、引き継いでおられて、声に出されるとそれが出てくる、そんな感じがしていつも聞かせていただいています。

固有のフレージングが土台に？

犬飼　恐れ入ります。その声明の「引き上げ」のテクニックは、今度、私はちょっと使わせていただきまして、いま歴博（特別展「文字がつなぐ　古代の日本列島と朝鮮半島）で流れている「秋萩の」の歌で使いました。なるほど、うまく表現できますね。

宇髙　そうですね。

犬飼　その声明の「引き上げ」ですけれど、これは突然、現代の話になってしまうんですが、いまの話し方で特に女性の話し方に、「私、きのうでかけたんだけどもね」。

宇髙　まじ～？（笑）。

犬飼　そうなんです（笑）。女性の「尻上げイントネーション」というのですけれど、それがあるんですね。少し以前、例えば私たちの若い時代でしたら、それはやらないで、「昨日、出かけたんだけどね。そうなんだけど～」って伸ばしていたんです。フレーズの終わりに、そういう工夫をするというのが、日本語のフレージングとして必然的にありはしないかということを、以前から実は思っているのですが、声明の由来を考えると、いま先生に教えていただいた天台系の仏教音楽ということの一面に、お経でなくて、歌詞が日本語だという大事な要素があると思うんです。そこは先生、持ち込むのはちょっと考え過ぎでしょうか。

宇髙　それは大事なお話なので、もう一度おっしゃっていただけますか。

犬飼　楽理、音楽理論として、天台系の仏教音楽理論が入ってきますけれども、それに乗せている声明の言葉はお経の梵語ではなくて、日本語を乗せるわけです。

宇髙　ええ、日本語です。

犬飼　それで、理論を適用しても、適用する素材である言葉が日本語である。その時にフレーズの終わりのところで何かちょっと工夫をして、意味の切れ目を表したり、あるいは聞いている人に対して「あなた、聞いてる？」という信号を出す。そういうものが声明のフレーズの引き上げと関係があるというのは、ちょっと考え過ぎでしょうか。

宇髙　例えば間があって、引き上げというところが、「あなた聞いてますか」とか「疲れてませんか」「分かってますか」というのにつながるかというと、私もすぐに、そこは「ええ、つながってます」とも「つながってません」とも言えないです。でも、おそらく声明に関しての研究はもうほとんど進んでなくて、どちらかというと正確に音写をして、代々こういうふうにうたうんだというようなことを。

あの世界も結構伝統的で、もう小僧の時から声を、護身法というやつをとにかく、衣の中でやらされるわけです。とにかくこれをやることによって、一つ一つ仏さんの名前と顔と覚えて、自分が一体になるその声明というか、サンスクリットを覚える。学術的にこれがこうでああでということとは、専門の学者しか分かりません。学者が製造元で、販売屋がお坊さんということになりますか。販売屋さんは分からないです。

犬飼　はい（笑）。

謡曲に生きている古歌の力

犬飼　謡曲の中に難波津の歌が入っているというのを一度ご紹介いただきましたね。あれはどの曲の中で、どういう位置づけと申しますか、どのように取り込まれているのでしょうか。

CD〔42〕

宇髙　大きい声でよろしい？

和田　この作品は。さっきおっしゃいましたけど。

宇髙　「芦刈」の中に出てきます。われわれは何ともなしにうたっていますけど、いろいろな要素がここに書かれているんですね。

和田　仁徳天皇が帝位に就くのを渋られたというところで、王仁ですか。

宇髙　そうそう、王仁、韓国からですか。

和田　はい、朝鮮。漢字をもたらしました。日本の方がうたわれたということで。安積山も、やはり葛城の王が陸奥に遣わされた時に、国司のもてなしがなってないということで王は憤られて、その怒りを采女が鎮める。これは前《さきの》采女と言って、この年には采女は陸奥国からは差し出されてないんですね。ですけど、以前の采女がこの歌によって、それこそ鬼神の心をもやわらげる。采女は、「風流の娘子」なんです。「右の手に水」「左の手に觴を」。謡曲では、そのように所作されるのかどうか。

宇髙　「たびたび廻り」と言いますね。クルクルとこう、左や右やに回って、その時にほととぎす、その辺の謡がありますね、確かに。

和田　それで「王の膝を撃ちて」という。とりなそうとして、なだめようとして。で、「この歌をよみき」という左注が付いているんです。それがまた、『古今集』にも注としてもっと簡略なかたちで取り入れられます。

宇髙　ああ、おもしろいですね。

和田　そしてさらにこの安積山というのは、謡曲以前にも物語性を持って『源氏物語』などにも入りますし、古典の世界を彩る歌になっていきました。

宇髙　ありがとうございます。

犬飼　「芦刈」という曲は、どんな趣旨の。

宇髙　左衛門という人が、どちらかというと格上の奥さんをもらったんでしょうか、何かしている間に左衛門はどうもいづらくなって、家出をしてしまう。そして大坂の難波のあたりで芦を売って世を渡っている。たまたま奥さんを乗せた輿の一行がそこを通った時に、何か芦売る男が一人いて、難波津の故事とか、そういったことをうたい舞いながらしている様がおもしろいから、寄ってぜひご覧なさいと。それで舞の後、あの芦刈りの男をこの輿まで呼んでくださいと言う。そして、本人が芦を届けに来た時にスッと顔を見たら、自分の昔のだんなだったわけです。逃げて行くのを追いかけて、それで結局、やっとあなた様を見つけました、これから先はもう夫婦一緒にずっと暮らしましょうと。そういうものです。

犬飼　俗な言い方をすると、都ぶりを男がちゃんと持っていることが分かって、それが復縁のきずなになったというお話。

宇髙　そうですね。

犬飼　おめでたいお話ですね。

宇髙　そう、おめでたいです。この男の人が、昔、この難波津に、沖には火を焚いて、禁漁区というものをきちっと守って、そして荘厳な難波宮というものがあって、という昔の話を、すごい都風の。

犬飼　やはりこれは歌の力ですね。

宇髙　歌の力ですね。

日本固有の歌を探し出すには

宇髙　CD〔43〕　その曲をどういうふうにして。日本列島に固有の歌をどういうふうにして見つけていくのでしょうか。見つけていったらよいのでしょうか。私はどうも、日本は広いですから伝わっている方言、ないしは方言を加えたいろいろな地方地方の歌、あるいはお祭りといったものの原点というのを全部調べていくと、何か共通点があるような気が。

方言というのはその国が分断されて、全く違う民族の人たちがそこへ何年か住んでということをしないことには、言葉というのは毎日の生活できょう、明日、あさってですから、これが分断されるということはほとんどないわけです。ということは方言はもうずっとそこに住んでいる人たちの。ということは、もうどこまでもおそらくさかのぼることができる。犬飼先生は今後、どういうご方針でこういう日本の。

犬飼　中国語はメロディーの言葉なんです。「我∪是／日一本＼人／」という言葉なんですけど、かつて日本語の標準語だった京都言葉は、まっすぐにツツーッと言ってウッと上がる。で、下がるという基本メロディーだと思うんです。「きのう、京都行ったんやけどなあ」って言うんです。それがやっぱり一番もとになっているはずなので、「ウォオシィリィペンリェン」いう楽理で作られたいま残っているもの。そこから。

宇髙　京都はそういう意味ではいろいろな影響を受けている。京都、奈良の二つは渡来の人たちにずいぶん影響を受けて、神話の中では京都の賀茂神社は賀茂氏ですが、これは外来の人たちですし、もちろん太秦なんかは秦氏ですから、言葉の影響は中国ないしその辺から随分受けている。京都は太秦を中心として秦氏、秦河勝という人ですね。聖徳太子の時代に、秦河勝に仰せて、インドで起こった六六曲の音楽、その中の優れた三曲を作れと。それで作ったのが式三番と言われているのですけれども、随分とその辺では影響を受けている。ですが、それまでにベースになる日本の言い回しがあった。ですが。全くなかったら、一〇〇パーセント秦氏がもたらした、あるいは賀茂氏がもたらした言葉ということになってしまいますが、そんなことは絶対にあり得ない。以前に住んでいる人たちの歌もあり、言葉もあったと思います。

だからこれをどういうふうにしてというのは、学術的には大変難しいことですよね。

犬飼　でも中国から入って来たものを何とかしてはぎ取ってしまうと、もとにあったものが出てくるはずだという考えは持っているんですけどね。

宇髙　これはある学者さんですけど、ラッキョウの皮むきみたいだと言われるんですね。

犬飼　全くそのとおり（笑）。

宇髙　でも最後に、乏しい芯のようなものが残ったのが、実は日本古来の。と言うと、ちょっと何か寂しいような気がしますけど。日本の歴史というか民俗学といいますか、それの特徴は、やっぱりいろいろな外来の文化をうまく取り入れてかたちを作っていった。だけどいっぺん、この皮をすべてはいでしまって、芯の乏しいようなものもはっきりと表に出さないといけないなと。どこからそれを（笑）。

和田　うたい方は先生のようには復元もできないのですけれど、古代歌謡あたりを読んでいると、例えば久米歌なんかはいまでも久米舞が残っていますよね。仁徳天皇についた古代歌謡も、『万葉集』では変わってはしまうんですけれども、そういう原歌があったはずです。やまとうたとして五七五七七になる以前からうたっていた歌があった。例えばお酒を飲む時の「酒ほがひの歌」だとか、お酒を奉る時の歌も、雅楽寮に入って推敲されたり、あるいは一段高いものになったのはおそらく間違いないと思うんですけど、大衆、民衆の中で既にうたわれていた。そんな時には例えば、口鼓を、ここで膨らせてたたく。どんなふうになるのか。「口鼓を撃ち伎《わざ》を為《な》してうたひ……」ということを記していますので、宴の場で人びとが集まった時に酒を飲みながらうたった歌があって、それが宮廷に上がって。北伝か南伝か、どちらか分かりませんが、その影響も受けた可能性は、記載されるようになって文字化される以前からあるんです。

歴史をたどれば日本民族がこの地に「やまとことば」をもって暮らし始めた頃から、何らかの歌や舞によるコミュニケーションがある。銅鐸あたりの絵を見ても、宴のような絵があったり、収穫を祝うような絵があったり。うたったり踊ったりする埴輪もあるし、文字がない時代からそういうものがありますので。

編集部　かなりにぎやかに。

和田　そうなんですよね。こういう琴を膝に。これ、大和琴でしょうね。これ、和琴でしょうね。こんな埴輪があるわけですし（図1）、ですからうたっていたはずなんですね。

宇髙　これって一絃琴ですか。そうじゃないですか。

犬飼　これはたぶん絃が四本ある。

図１　重文埴輪「弾琴男子像」
（公益財団法人相川考古館）

宇髙　四本、じゃあ和琴ですか。

犬飼　和琴です。四〇センチぐらいの膝の上に乗せる和琴ですね。一枚板で共鳴胴がない。同じ時代に、一メートルぐらいで共鳴胴付きのも発掘されています。

宇髙　この時は共鳴の胴は付いていない？

犬飼　それは四〇センチぐらいの一枚板のものですけれども、同じ時代で共鳴胴付きの、もっと大きいのも発掘されています。絃は四本か六本。

宇髙　これはきっと南伝のものですね。そういうと、どこかブータン、いや、ラオス、カンボジアあたりでこの一本の絃をヴィーン、ヴィーン、ヴィーン、ヴィーンというふうなのがあったような気がします。決して北伝のものではないと思います。

昼の音楽と夜の音楽というふうに端的に分けてしまうと、絃のものはやっぱり夜の音楽ですかね。

和田　（南伝のものが）入ってくる以前に、こういう板の状態の、中に絃を張って。弦楽器的な琴のようなものを、日本でもやはり持っていたのではないでしょうか。弦楽器というか、音を出すのに。それこそ口鼓でたたく。鼓が入る以前に身体を使って。手も使える。

久米歌には「手量《たばかり》の大き小き」「音声《おんじゃう》の巨《ふと》き細き」という言葉で記されているので、おそらく入ってくる以前の何か大和のうたい方があった。

　そして琴にしても、和琴というのはあちらから大きい琴が入ってくる以前に、何か膝の上で手慣《たな》れの琴を。古代歌謡でも「其《し》があまり琴に作」るんです。「なづの木のさやさや」というふうな歌があったり。大伴旅人も、九州から藤原房前に手慣れの琴を贈りますけれども。

宇髙　だいたい、何となくですけれども絵が私の頭の中でまとまってきました。まあやっぱり随分といろいろな外国からの影響を受けたのですけれども、きっと古来の日本の音楽というものはあったはずだと。先ほど申し上げましたように、それはやっぱり方言という、日本が地形的に長いのでいろいろなところの方言の息づくお祭り、あるいは伝わっている神楽、あるいは歌、そのところの何か共通点があると思う。これは大変な研究になると思います。時間も大変かかると思いますし、大変興味深い。

　ですから日本の祭りを北海道から沖縄まで全部まとめ上げて、そこで音を拾い上げて、そこで日本人としての共通意識というか共通点を探し出すと、それがおそらく日本のオリジナルではないか。京都や奈良を中心とした畿内では外国から随分と影響を受けたところの音楽は影響を受けた度合いが大変大きいですから、ここだけを見たのでは分からない。やっぱり受けてないところの地方の方言、ならびにそういった伝わっている音楽。ということはもう、大変な時間と費用と興味が（笑）。ですけどこの研究はおそらくどなたもなさっていない。

犬飼　先生からまとめのお言葉をいただいたところで、止めましょうか。

編集部　ではこの辺で座談を閉めさせていただきます。本当に楽しい有意義なお話を、ありがとうございました。

万葉歌の注釈

［訳・解説］和田　明美
［うたう］　犬飼　隆

難波津《なにはつ》に咲くやこの花冬こもり今は春べと咲くやこの花　（七～一〇世紀の歌木簡／地下の万葉集）

訳　難波津に咲くこの花は、冬が去って今ようやく春が来たと咲き誇っているのでしょうか、難波津は花の盛りです（今こそ繁栄の時、大王《おおきみ》の時代です）。

解説　王仁《わに》（百済からの渡来人）が、仁徳天皇即位に際して奉ったと伝えられる歌で、弟の皇子と互いに譲り合い三年間即位しないことを訝《いぶか》って詠んだとされています。「難波津」は大阪湾の船着き場で、湊としては「大伴の御津《みつ》」「住吉の津」が知られています。仁徳天皇の時代には難波高津宮、その後も難波長柄豊碕宮（孝徳天皇）や難波宮（聖武天皇）が築かれました。「難波津」は、『古事記』では大雀命《おほさざきのみこと》（後の仁徳天皇）が美しい髪長比売《かみながひめ》（難波津に停泊、応神天皇が譲り与える）に一目ぼれした地として、また『日本書紀』では、遠江国の大井川の二枝の大木で神が宿る両枝船（官船）を造船し、それを南の海より率いて「難波津」へ来た記事を初出として登場します（仁徳天皇六二年五月）。

「この花」は、梅とも桜とも言われています。「冬こもり」（万葉時代は「冬ごもり」ではなく清音）は、〈冬＋籠もり〉からなり、寒い冬のあいだ生命の活動が終息すること、そこから春の訪れとともに草木が茂るイメージを誘い出します。「冬こもり」を介して、二句目と五句目に「咲くやこの花」が繰り返されており、躍動する春の自然のなかで今咲き誇る花の景がイメージ豊かに表象されています。その景に「難波津」の政庁の繁栄を重ねて寿ぐこの歌は、政治的な儀礼歌として古代から平安時代にかけて公的な場で歌われ、その一方で手習い歌としても親しまれてきました。

『古今集』の「仮名序」は、「難波津」と「浅香山」（浅香山影さへ見ゆる山の井の浅き心をわが思はなくに）の歌を、「手習ふ人の初めにもしける」と説き、「歌の父母」と記しています。日本で初めて紀貫之は、やまと言葉と仮名文字を用いて「歌のさま」（和歌の表現）を論じ、「その六種《むくさ》の一つには、そへ歌。大鷦鷯《おほささき》の帝をそへ奉れる歌」として難波津の歌をあげています。「六種」は、音楽・舞踏を伴い歌われた『詩経』の「六義」になぞらえたもので、「六義」は中国でも六朝（三～五世紀）以降、詩の内容や修辞法を表すようになりました。「仮名序」に対して漢文体の「真名序」（紀淑望）は、「和歌有二六義一」として「風・賦・比・興・雅・頌」をあげています。

　不思議にも、この歌は『万葉集』には収められていません。しかし、近年、地下から出土する古代の木簡を通して、『万葉集』とほぼ同時代のこの歌の場や享受の様子が明らかにされはじめました（犬飼隆『木簡による日本語書記史［増訂版］』笠間書院・二〇一一年・初版二〇〇五年）。また、これらは「地下の万葉集」とも呼ばれています（木簡学会『木簡から古代がみえる』岩波書店・二〇一〇年）。八世紀半ばの『万葉集』編纂の時代、ないしはその前後のものと推定される歌木簡一六点のうち八

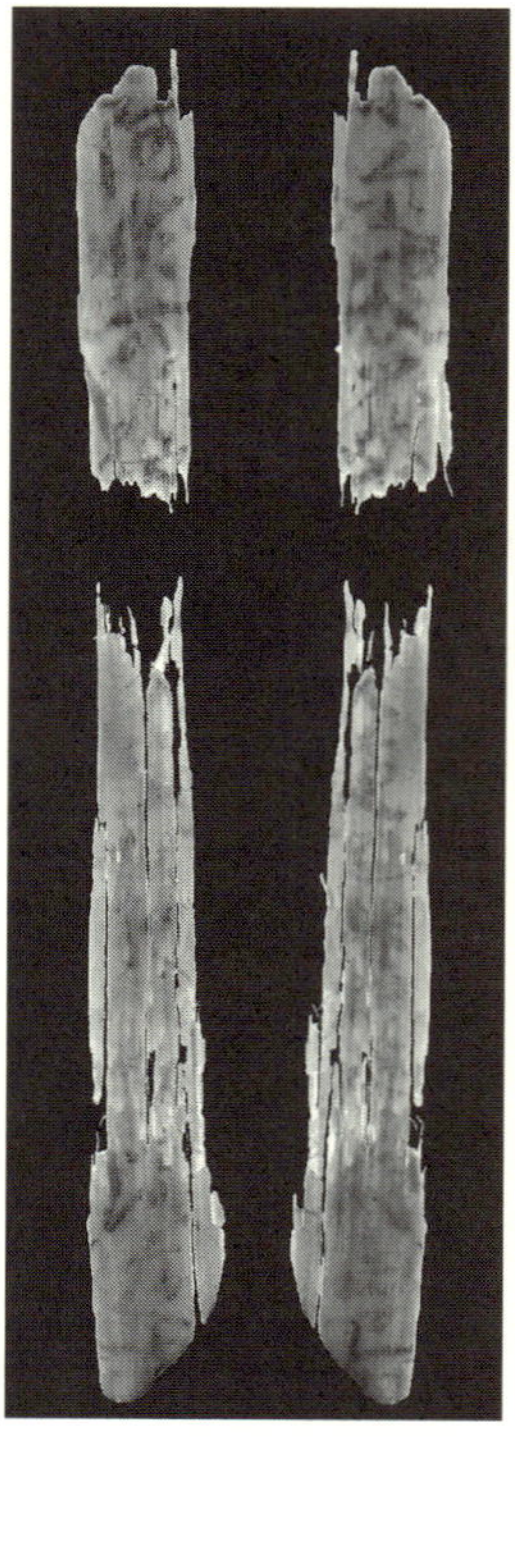

図1　なにはつ・あさかやま　歌木簡
（史跡紫香楽宮跡（宮町地区）出土　甲賀市教育委員会）

図2　なにはつ　習書木簡
（平城京出土　奈良文化財研究所）

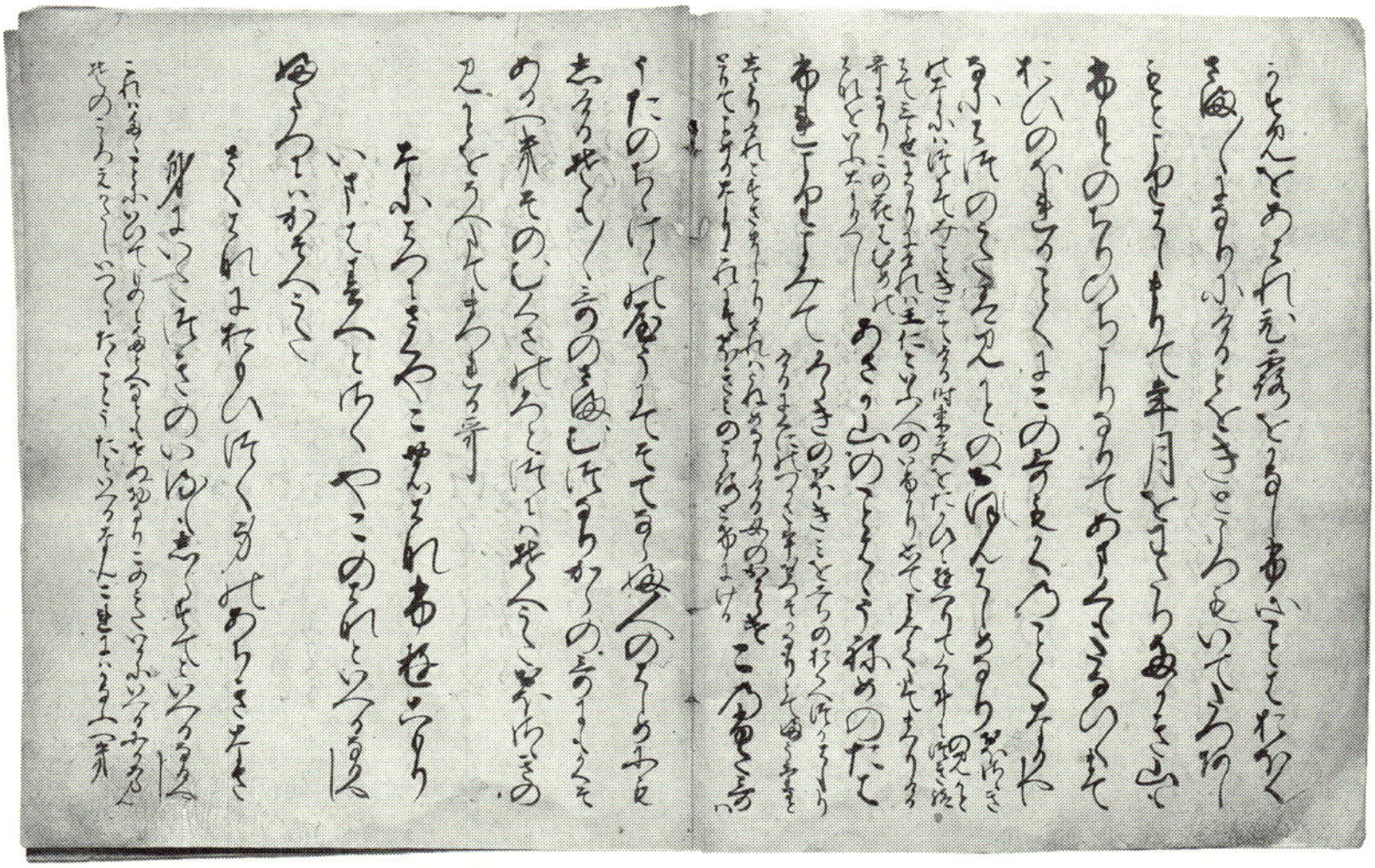

図３　古今集仮名序の難波津
（名古屋市博物館）

点は「なにはつ」【奈尓皮川（ツ）・奈尓（仁）波（彼）都】の歌を記しています。木簡に何らかの歌を書いたものは目下三〇点ほど、出土地域も四国や東北地方に至ります。そのうち最も多いのが「なにはつ」木簡で、藤原宮跡・平城京跡・紫香楽宮跡のような中央政治の場のみならず、辻井遺跡（兵庫）や東木津遺跡（富山）観音寺遺跡（徳島）など地方からも出土しているのです。「なにはつ」木簡は、今をさかのぼること約一四〇〇年〜一二〇〇年前に、この歌が中央のみならず地方に至るまで、公的な儀礼歌として歌われたことを現代の我々に伝える古代日本人からのメッセージなのです。

しかも、山田寺跡の瓦のヘラ書き（七世紀半ば）や法隆寺五重塔の落書（七一一年頃）、各地から出土する墨書土器（八〜一〇世紀）にこの歌の断片が残されており、平安時代になると「手習い」の歌として文学作品にもしばしば登場します。『古今集』（仮名序）や『古今六帖』（巻六・四〇三一・花）以降も、『源氏物語』の「若紫」の巻や『枕草子』の二一段、『和漢朗詠集』の「帝王」の部（六六四）に見られます。とりわけ、『続日本紀』には「難波曲《ぶり》」とあり（聖武天皇七三四年）、『古事記』『日本書紀』『琴歌譜』の「夷《ひな》振り・宮人《みやひと》振り」等や、『古今集』の「〜振り」（「近江ぶり・しはつ山ぶり」等）と称される歌と同様に、「難波津」の歌にも儀礼歌としての一定の歌い方があったと考えられます。

『源氏物語』では、光源氏が幼い紫の上に思いを寄せつつ尼君に文をしたため、そのなかに小さく引き結んで「面影は身をも離れず…」と恋文をしのばせます。返事に窮した尼君は、「まだ難波津をだにはかばかしう続けはべらざめれば、かひなくなむ」と答え、その後「浅香（安積）山」（万葉集三八〇七、古今集仮名序・古今六帖二七三）を引歌とする贈答がなされます。注目されるのは、最低の基準を示してそれ以上を類推させる助詞「だに」が、公的・儀礼的な歌である「難波津」に続いていることです。当時の幼少の女性の手習い歌は、「難波津」と「浅香山」であったようですが、しかし幼い紫の上は、いまだに「難波津」の歌すらしっかり書けないというのです。まして私的な恋歌である「浅香山」などは……男女の恋などまだほど遠いことを、母亡きあと紫の上を育ててきた尼君（祖母）は告げています。一方『枕草子』では、中宮定子が清少納言に「白き色紙押し畳みて、これにただいまおぼえむ古きこと一つづつ書け」と命じ、「難波津も何も、ふとおぼえむことを」と責め立てています。

　これらの表現事実から、古代日本人が政治的な場で公的儀礼歌や讃歌・寿歌として詠じ、万葉仮名で記された「なにはつ」【奈尓皮川（ツ）・奈尓（仁）波（彼）都】の歌は、平安時代に仮名文字の手習い歌として定着し、王朝貴族社会においても日常的に書かれていたことがわかります。十一〜十二世紀にかけての出土文字資料や文献資料から察すると、しだいに手習い歌は「いろは歌」へと推移したようです。

うたう

なにはつに　さくやこのはな　ふゆこもり　いまははるべと　さくやこのはな　（さくやこのはな）CD〔2〕

LLLLH　HLF**LL**LL　HLLLF　LHHLFLL　HLF**LL**LL　HLF**HH**LL

　典礼の歌の代表です。晴れやかにうたいましょう。「難波津に」は助詞「に」で急に上げるのでなく次第に高くしていきます。「難波」に平上上の声点がついた資料もあります。「このはな」の「この」は「木」ならLL

「此の」ならＨＨです（以下、問題のあるアクセントはゴチック体で示します）。付録ＣＤでは典礼を想定してかけ合いでうたい、「この」のくり返しでアクセントを変えています。練習してＬＬとＨＨを divisi でうたえば美しいでしょう。

念のために。大和朝廷の典礼の音楽では女性も活躍しました。続日本紀の養老五年正月の記事によると、後に大学頭になった箭集《やづめの》虫麻呂、医師の吉宜《きちのよろし》（万葉集では吉田宜）らと並んで、「唱歌師」の女性たちが今で言う文化功労者として顕彰をうけています。

◎コラム――

『古事記』が語る「うた」

大脇 由紀子

和銅五（七一二）年に成立したとされる『古事記』序文に「已《すで》に訓《よみ》に因りて述べたるは、詞《ことば》、心に逮ばず」とあります。「漢字の訓《よみ》を用いて日本語文を記述すると、日本語がもつ日本の「こころ」（感情の機微）が表現できない」という筆録者である太安万侶の考えが記されています。そこで苦心の末、『古事記』は漢字の音を用いる音仮名方式と、意味を用いる訓字方式の混用を発案しました。とくに歌謡を記す時には主に前者を用いているのも、歌謡という「うた」がもつ表現力をできるだけ生かそうとしたからでしょう。口から発せられる日本語そのものが重要であり、日本語だからこそ日本人に登場人物の詳細な「こころ」を読者に伝えることができる表現であると考えたのです。音仮名方式、すなわち万葉仮名で記すという方法は、『古事記』成立のかなり以前から行われていたようです。二〇〇六年に難波宮跡から「皮留久佐乃皮斯米之刀斯《はるくさのはじめのとし》」と記されている木簡が発見され、二〇〇八年には紫香楽宮跡から「なにはづ」「あさかやま」の歌が書かれたものが発見されました。さらに「うた」が記されていると考えられる木簡がいくつか発見されています。奈良時代、公的な場において選ばれた者が「うた」を詠み上げた際に使用された木簡だとする見解があります。つまり、詠み手はこの木簡によって、はっきりと一字一字、一音一音詠み上げたのです。音を、「ことば」を正確に発することに重きが置かれていた「うた」の文化、それは「ことば」には霊力があると考える言霊信仰と関連があると考えます。万葉仮名で書き表すという『古事記』歌謡のあり方は、このような「うた」の文化の蓄積があったからこそ記された表現方法だと考えています。

たとえば『古事記』景行天皇条には「夜麻登波《やまとは》　久尓能麻本呂婆《くにのまほろば》　多多那豆久《たたなづく》　阿袁加岐《あをがき》　夜麻碁母禮流《やまごもれる》　夜麻登志《やまとし》　宇流波斯《うるはし》」というヤマトタケルの「うた」が記されています。音仮名方式だからこそ、古代の人がどのように声を出していたかが分かります。この「うた」は、瀕死の状態であったヤマトタケルが生まれ故郷である「夜麻登」を偲んで歌った「うた」だと『古事記』は語ります。この「うた」をゆっくりと、母音をのばしながら詠んでみます。アの母音が15回もあることから、声に出すと力強く、タケルの望郷の念の強さを想像させ、「夜麻登志宇流波斯（ＬＬＨＦＬＬＬＦ）」のＦ音の「し」の音の繰り返しが締めのリズムを生み出しています。想像するに、青々とした山々が広がる大和国の自然を表現する、伸びやかな音調だったのではないでしょうか。最後の力を振り絞ってうたう、ヤマトタケルの姿が想像できます。

序文に「上古《いにしへ》の時、言《こと》と意《こころ》と並に朴《すなほ》にして」とあるように、筆録者は日本の上古の「こころ」に目を向けています。どうにかしたいと、その朴な「こころ」を記し残す手段として万葉仮名で「うた」を記しました。それは登場人物の「こころ」を説明するためです。登場人物の「こころ」を読者が理解できるように、音仮名方式で「うた」を記した意識こそ日本独得の表現意識であり、すばらしい発明でした。

「うた」がもつ情報量は文字に勝るときがあります。「うた」にリズムをつけて歌えば「ぐっと心に」きます。そして『古事記』が語る虚構世界と読者との間を「うた」がつなぎます。『古事記』は上古の「こころ」を伝達する記録媒体として成立し、よってわれわれは現代にして、死を目前にしたヤマトタケルの、故郷を思う切実なる「こころ」を知ることができるのです。

2

熟田津《にきたつ》に船乗《ふなの》りせむと月待てば潮《しほ》もかなひぬ今は漕《こ》ぎ出でな

熟田津尓　船乗世武登　月待者　潮毛可奈比沼　今者許藝乞菜

（巻一・八・額田王）

訳　熟田津で乗船し出航しようと月を待っていると、まさに潮も満ち船出に格好の時を向えた。さあ漕ぎ出そう。

解説　この歌は、夜の船出にそなえ「月」（満月）を待っていると、「潮も」出航に適した状態になったことを詠んでいます。二四年前の六三九年に、舒明天皇・皇后は熟田津近くの道後温泉に行幸しています。左注にもかつての行幸や歌の背景が、「九年丁酉十二月己巳朔壬午、天皇大后幸㆓于伊予湯宮㆒……」と記されています。『日本書紀』には、［十一年］十二月己巳朔壬午、幸㆓于伊予温湯宮㆒」（舒明天皇十一年）と年干支が異なります。「熟田津」は愛媛県松山市の三津浜あたり。「にき」は「にき布《め》」「にき稲《しね》」「にき栲《たへ》（妙）」と同じ「和」＝柔らかく精練された・整備された意で、「荒布」「荒稲」「荒栲」等の「あら（荒）」の対。熟田津は整備された港湾としての機能を持つ瀬戸内の「津」であったと考えられます。動力のない古代の船出は、満潮から干潮への潮流の変化や時間による潮の流れ、風向き等の自然の力を利用し、また夜の船出や船旅には「月」が必要でした。助動詞「ぬ」は、「つ」とともに完了の助動詞とされていますが、二語は対比的・補完的関係にあります。「ぬ」は、天体の運行や自然の成り行きを凝視的に見守る確認を表します（山崎良幸『日本語の文法機能に関する体系的研究』風間書房・一九六五年）。この夜、船出を促す「今は漕ぎ出でな」の声が満月の照らす熟田津に高らかに響き、朝鮮半島の白村江での対外的な戦に臨む船団は、士気の高揚のもと出航したのでしょう。日本軍兵士の数は「二万七千人」ほど、軍団は、瀬戸内海・九州の海路を進むに従いしだいに加勢し、熟田津出航時よりも増強・拡充したものと思われます。この戦の日本軍は唐軍の船団「一百七十艘」（天智紀二年）には及ばないとはいえ、出航を促す「今は漕ぎ出でな」の声に応じる一行の勇壮さが彷彿とされます。

「熟田津に船乗り」した日時は諸説ありますが（一月十五日・十九日・二三日ないしは三月二〇日過ぎ等）、当時の暦・月の出入り・満潮時刻や博多港への到着日（『日本書紀』の「娜大津」に三月二五日「至還」を到着と読む）等に根拠を求めれば、六六三年三月十五日あたりの夜と推定されます（八木孝昌『解析的方法による万葉歌の研究』和泉書院・二〇一〇年）。『日本書紀』の「斉明天皇七年」の条を通して、難波出航から熟田津到着までの経緯がたどられますが、熟田津出航の日時は記していません。「七年の春正月の丁酉の朔にして壬寅（六六三年十月六日）に、御船西に征きて、始めて海路に就く……庚戌（一月一四日）に、御船、伊予の熟田津の石湯行宮に泊つ」。しかし、『日本書紀』は「娜大津」（博多港）へは「着」ではなく「還」と記しています。「三月丙申朔庚申、御船還至二于娜大津一」（日本書紀・斉明天皇七年）。この「還」の字の意味と用法に基づけば（書紀に二六四例）、三月二五日に「娜大津」に到着したのではなく、到着後にどこかへ出かけて（唐津あたりか）本拠地へ帰還したことになります。この時期の大陸との緊迫関係からしても、一行が熟田津で二カ月も遊楽や滞在することなどありえず、正月下旬には熟田津を発って二四か二五日頃筑紫に到着したと想定すれば、月の出と潮の干満に照らして、熟田津出

図４　斉明天皇の西征
（新編日本古典文学全集『日本書紀』）

航は正月十九日の午後十一時前後と推定されます（山崎良幸『万葉集の表現の研究』風間書房・一九八六年）。

なお、この歌は額田王の歌とされていますが、左注には山上憶良の『類聚歌林』の斉明天皇御製説「即此歌者天皇御製」の一文が記されています。一首の内容や状況に照らせば、題詞の「額田王歌」の通り、額田王が百済救済のために白村江へと向かう斉明天皇に代わって、「御言持《みこと》ち」として詠じたと考えられます。

しかしながら、白村江で日本軍は唐軍に大敗します。「大唐の軍将、戦船一百七十艘を率て、白村江に陣烈《つらな》れり。戊申（八月二七日）に日本の船師の初づ至れる者と大唐の船師と合戦ふ。日本、不利《ま》けて退く。大唐、陣を堅めて守る」（日本書紀・天智天皇二年）。対外的な戦での「官軍敗績」を機に、日本は唐の勢力にも対峙しうる国家社会の樹立を迫られます。六六四年には「対馬島・壱岐島・筑紫国等に防《さきもり》と烽《ぶらひ》」を置き、「水城《みづき》」や「城《き》」を築いて外敵への防備を急ぎました（天智紀三・四年）。日本初の全国的戸籍「庚午年籍」が六七〇年には作られ、行政による文書支配も加速的に進みます。逼迫・切迫した社会情勢が、漢字をもとに古代日本語を表す多様な試みの推進力として働き、わずか百年ほどのあいだに日本の草創期の文字文化が開花したと言っても過言ではないでしょう（文字のチカラ展実行委員会『文字のチカラ　古代東海の文字世界』二〇一四年）。

うたう

にきたつに　ふなのりせむと　つきまてば　しほもかなひぬ　いまはこぎいでな　CD〔7〕〔8〕
HHHHH　LLHLHFL　LLLFL　LLFLLFF　LHHLFLFR

「にき」は「和」なのでHH（「賑」はLL）。「田」も「津」もLですが、日本書紀北野本の声点に「にきたつ」HHHHとあるのを採ります。一つの地名として高起式平板型になった形です。終助詞「な」のアクセントは不明。現代語の終助詞「ね」「な」とはたらきが似ているのでLではなかったはずです。同意が得られることを前提とした短く平らなHか、勧誘あるいは実行の意志を強く表現するRだったでしょう。付録CDには、万葉集中の一首としての「言挙げ」の歌唱に加えて、船長の掛け声で出航する趣の合唱を収めています。

3　三輪山をしかも隠すか雲だにも心あらなも隠さふべしや

（巻一・一八・額田王）

三輪山乎　然毛隠賀　雲谷裳　情有南畝　可苦佐布倍思哉

訳　三輪山をそのようにも隠すのですか、せめて雲だけでも思いやる心があってほしい。住み慣れた大和の三輪山を隠し続けることなどあってなるものですか。

解説　この歌は、題詞にも「額田王下二近江国一時歌」とあり、近江への遷都に際して住み慣れた飛鳥を去る時に詠まれた額田王の歌とされています。また、長歌の「味酒《うまさけ》　三輪の山　あをによし　奈良の山の　山の際《ま》に　い隠るまで　道の隈　い積もるまでに　つばらにも　見つつ行かむを　しばしばも　見放《さ》けむ山を　心なく　雲の　隠さふべしや」を受けた、力強く格調高い「反歌」でもあります。長歌では、同行の人々の大和への執着をも汲みつつ奈良山の山の間に隠れて見えなくなるまで、「三輪山」を「つばらにも　見つつ行かむを」と詠んでいます。奈良山は国境に位置する山で、そこを越えるとこれまで過ごした大和・飛鳥を中心とする世界と決別することになります。

白村江での敗戦を機に天智天皇が、唐・新羅の勢力に睨みを利かせつつ日本海側の航路を確保するべく、琵琶湖のほとり大津に都を定めたのは、六六七年のことでした。即位は翌八年正月ですが、額田王は即位前の中大兄に随行し、近江へ向かったのでしょう。この歌は、その際に詠まれたものと考えられます。しかし、琵琶湖のほとり近江遷都に対する人々の支持は、容易には得られなかったようです。『日本書紀』は、人民の非難や人々の諫言をシリアスに記しています。「三月辛酉の朔にして己卯に、都を近江に遷す。是の時に、天下の百姓、遷都すこと願はずして、諷諫《そへあさ》むく者多く、童謡《わざうた》亦衆《おほ》し。日々夜々失火の処多し」（天智天皇六年）。

「三輪山」は、奈良県桜井市三輪一帯の標高四六七mの山で、大和国魂のこもる古代信仰の山でした。大物主神をまつる大神《おほみわ》神社は三輪山を神体としています。神武天皇は大物主神の娘を后として大和王権を確立し、崇神天皇も「国家安平」のため三輪山の神をまつりました。『古事記』の中巻（崇神天皇）には、次のような「三輪山伝説」が見られます。美しい活玉《いくたま》依毘売《よりびめ》のもとへ容姿端麗な男が夜な夜な通ってきて妊娠させました。正体不明の男の素性を怪しんだ両親が、娘に向って男の着物の裾に麻糸を付けた針を刺すように言い、それに従って翌朝娘が麻糸をたどると、三輪山の神の社で留まりました。男は、三輪山の大物主神だったのです。「その麻の三勾《みわ》遺りしに因りて、其地を名付けて美和と謂ふぞ」との地名起源譚がこれに続いています。

図５　飛鳥・近江の地図
（『万葉集の歌⑧滋賀』保育社・1986年）

「しか」はそのように。「だにも」は、最低の限度を表しそれ以上を類推させる副助詞「だに」に「も」が下接して、せめて〜だけでもの意味。「なも」は未然形に続いて願望・希求を表します。「な」は「漕ぎ出でな」（巻一・八）の「な」と同根で、助詞「も」が続いて成立した語です。「隠さふ」は、「隠す」に継続的な動作・作用を表す動詞の接尾語「ふ」が下接した語で、隠し続けることを意味します。「べしや」は当然・当為を表す助動詞「べし」に終助詞「や」が続いて、〜してよいものかの意味（許容・容認されないことを含意）。

二句までは「雲」の実景、三・四句で「雲」への希求、五句で長歌の結句を繰り返し「雲」に対する反発や抗する心を表しています。左注は、近江遷都の時に三輪山を御覧になった天智天皇御製の歌と見る山上憶良の『類聚歌林』を引いています。「山上憶良大夫類聚歌林曰、遷二都近江国一時、御二覧三輪山一御歌焉」。しかし、一人の女流歌人の力量を越えた歌柄の大きさや威厳あるこの歌の表出は、天皇の「御言持ち」としての宿命を負いつつ初期万葉・古代神話時代を生きた歌人ゆえであって、単なる女流歌人の個人詠ではないためと理解した方がよいでしょう。

うたう　CD〔36〕

みわやまを　しかもかくすか　くもだにも　こころあらなも　かくさふべしや
HLLLH　LLFLHLF　LL**HL**F　LLHLHRF　LHHF**HF**F

動詞「隠す」は平安時代にはLHLでした。動詞「かく」LFに「す」Lのついた語だったのでしょう。鎌倉時代にLLFになるのは完全に一語化したわけです。副助詞「だに」のアクセントは難問。語源を「直」LFに「に」H、接尾辞「だ」Lに「に」H、いずれの説によってもLHになりますが、根拠がありません。鎌倉時代以後の資料では、文節アクセント化の影響を慎重に考えなくてはなりませんが、HLです。副助詞の取り立て強調のはたらきからすればHLのほうがふさわしい音調です。「のみ」は四座講式にHFと解釈できる例があります。「さへ」も語源が「添へ」ならHLでしょう。「べし」は語源が「宜」HHに形容詞語尾「し」Fがついたのなら原形はHFだったはずですが、類聚名義抄では単語としてのアクセントがLFです。しかし類聚名義抄でも「べからず」はHLHLで「すべし」の「べ」はHです（「す」はF）。四座講式では前がHならHL、LならLFです。上昇して下降する高さの頂点が「べ」にあったり「し」に移動したりするのが実態だったのでしょう。

4　あかねさす紫野《むらさきの》行き標野《しめの》行き野守《のもり》は見ずや君が袖振る

茜草指　武良前野逝　標野行　野守者不見哉　君之袖布流

（巻一・二〇・額田王）

訳　（あかねさす）紫草《むらさき》野を行き、御領地である標野《しめの》を行き、野守が見はしないでしょうか（見ているではありませんか）、あなたは公然と袖をお振りになったりして。

解説　天智天皇が七（六六八）年五月五日に行った、蒲生野《かまふの》（滋賀県）での薬狩に際して詠まれた額田王の歌で、題詞には「天皇遊㆓猟蒲生野㆒時、額田王作歌」とあります。また、次の大海人皇子《おほあまのみこ》の「紫草の」（巻一・二一）の歌とは贈答の体をなしており、額田王の歌に大海人皇子（皇太子・後の天武天皇）が答えつつ、薬狩の宴席を盛り上げた一興の歌のようでもあります。この時、額田王は天智天皇の「妻」ではありましたが、以前は大海人皇子と夫婦関係にありました。二人の間には十市皇女《とをちのひめみこ》が生まれ育っており、皇女は天智天皇の長子・大友皇子の妃になります。十市皇女は、後の壬申の乱（六七二年）で父方と夫方が戦うという惨事に直面することになります。

この「遊猟」（縦猟）の時、天智天皇（兄）は四三歳、皇子（弟）は三八歳、額田王は四〇歳頃と推定されます。『日本書紀』は干支で日を記すのが通例のところ、推古一九・二〇年の薬猟と同様に「五月五日」を数字で表記し、大海人皇子や中臣鎌足等随従した人々も記しています。「五月五日に天皇、蒲生野に縦猟《みかり》したまふ。時に大皇弟《ひつぎのみこ》（大海人皇子）・諸王《おほきみたち》・内臣《うちのおみ》（中臣鎌足）と群臣《まへつきみたち》、皆悉《ことごとく》に従へり」（天智紀）。

「あかね」は、根から緋色の染料を取る多年草。「さす」は「うち日さす」の「さす」と同根で、生命力が発現し光や力を発すること。「あかねさす」は、東の空があかね色に映えることから、美しく照り輝く様をたたえて

図６　飛鳥の春の額田王
（安田靫彦筆・滋賀県立近代美術館）

日・昼・紫・君などの枕詞となりました。「紫野《むらさきの》」は紫草園。「紫草《むらさき》」はむらさき科の多年草で、根から紫色の染料を採取しました。「標野《しめの》」は、縄などで標《しめ》を結って囲い、一般の立ち入りを禁じた園。「しめ」は「し（占）む」の名詞形で、今日なお正月の「しめ飾り」や境内の「しめ縄」には「しめ」本来の意味や機能が認められます。「野守」は、野の見張りをする番人。「野守は見ずや」は、野守の監視への注意を喚起したしなめる心から、野守は見ないだろうかの意味。「君」は大海人皇子のこと。「袖振る」は愛情を表す行為で、古代日本人は「袖」に思いを込めて、別れに際してや何らかの合図としても「袖」を振ったようです。前夫である大海人皇子は、今では天智天皇の妻である額田王に公然と袖を振って思いの丈を伝えているのでしょう。額田王はまさにその様子を詠じています。

うたう　あかねさす　むらさき**の**ゆき　しめ**の**ゆき　**の**もりはみずや　きみがそでふる　CD〔26〕

HHHLF　LHHLLHL　LFLHL　LLFHLLF　HHHHHHH

「あかね」HHHは廿巻本和名類聚抄伊勢本によりましたが、「ね」はLなので奈良時代はHHLだった可能性もあります。うたうとき「ね」を少し伸ばして「さす」の頭のLに自然に続けましょう。「野」の母音はノ甲類です。とくに唇を丸めて発音しますが、ノ乙類と区別するのは難しいかもしれません。奈良時代の人たちも木簡に書くときは「野」に乙類の万葉仮名「乃」をあてています。練習してください。打ち消し「ず」をはじめ、濁音はすべて鼻音で。「や」Fと「振る」連体形HHとの呼応が係り結びの音声信号です。後世の邦楽でも係り結びのところは豊かな節回しでうたいます。

5
紫草《むらさき》のにほへる妹《いも》を憎くあらば人妻ゆゑにわれ恋ひめやも

紫草能　尓保敝類妹乎　尓苦久有者　人嬬故尓　吾恋目八方　（巻一・二一・大海人皇子）

訳　紫草《むらさき》のにおうように美しいあなたが憎いのであれば、私はあなたを恋しく思うでしょうか。人妻であるがゆえに（一層あなたが恋しくてなりません）。

解説　前の二〇番の贈歌に対して、皇太子（後の天武天皇）が応じた歌です。大海人皇子《おほあまのみこ》は、以前と変ることなく今なお美しいかつての妻・額田王に対して、「人妻」であるがゆえに一層恋しいことを詠じます。この歌も、六六八年五月五日の蒲生野《かまふの》（滋賀県）での「縦猟」（薬狩）の宴席で歌われたのでしょう。

「紫草《むらさき》」は贈歌の解説参照（巻一・二〇）。「紫草の」は「にほふ」の枕詞。「にほふ」は、明るくはなやかな発散性の作用を表します。古代日本語の「にほふ」（「に」は赤色の土の「丹」と同根）は、臭覚よりも視覚的に捉えられる明るい色や容姿の美しさを表し、一方「かをる」は、「にほふ」とは対照的に抑制された作用の表現でした。「紫草のにほへる妹」は、紫草のはなやかな美しさや優美さをもって、額田王の優雅で艶麗な美しさをシンボライズします。「にほへる」は「にほふ＋る（完了・存続の助動詞「り」の連体形）」で、『万葉集』では「紫草《むらさき》」の他に「梅・桜・躑躅・橘・山吹・卯の花・萩・黄葉」等も、「にほへる」植物として詠まれています。

この歌は、仮定条件を表す〈未然形＋ば〜めやも〉の構文からなります。「めやも」は、助動詞「む」の已然形＋終助詞「や・も」で反語を表します。「恋ひめやも」と詠む『万葉集』の歌は十六首、そのうち十四首が仮定条件〈未然形＋ば〜〉の構文をとります。一般にこの歌は、「紫草のように美しいあなたが憎いのなら、すで

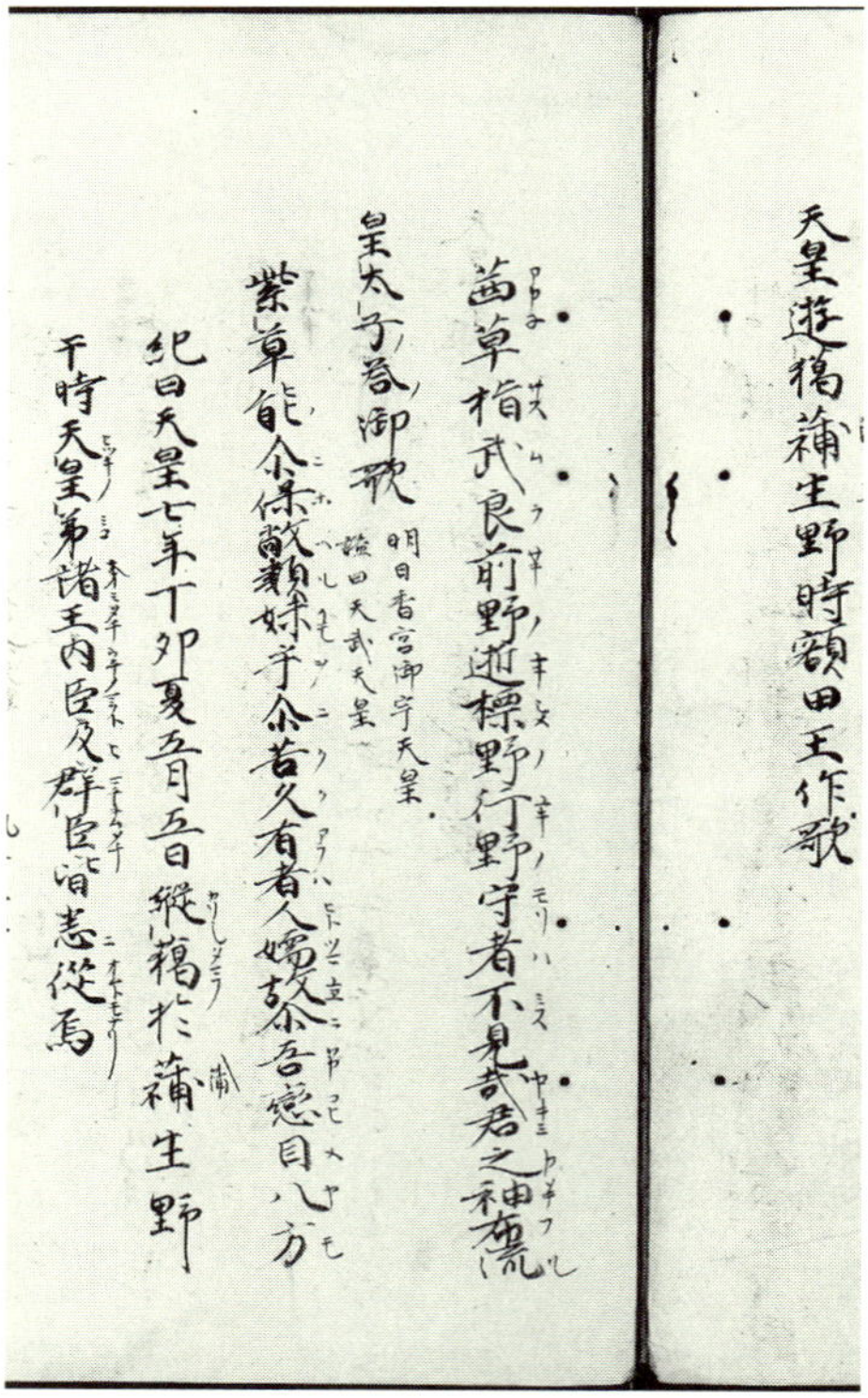

図７　西本願寺本万葉集　当該贈答歌
（一般財団法人石川武美記念図書館）

にあなたは人妻だのに、何で私が恋などしようか」（『大系』）「…そなたが好きでなかったら、人妻と知りながら、私はどうしてそなたに心惹かれたりしようか」（『全注』）のように理解されてきました。しかし、それでは歌の意味がわかりにくく、古代日本語の文法や思考にも合致しません。最も理解に苦しむのが四句目の「人妻ゆゑに」ですが、「ゆゑに」の構文からなる他の歌や発想の類似する歌を参考にするならば、人妻であるがゆえにの意味で、後続の表現（結果・帰結）が省略された倒置の句と見なされます（人妻であるがゆえに一層恋しく思われます）。何より「人妻ゆゑに」は、「われ恋ひめやも」と直接結びつくことはありません。〈人物＋ゆゑに〉に後続するのは恋慕・悲嘆・苦悩等が多く、実際「恋ひ渡るかも」「わが恋ひ居らむ」「われはや恋ひむ」等が続いています。また、「人妻」を詠む『万葉集』の他の歌も、募る恋心や押さえきれない思慕を表しています。しかも十四首中十二首は作者未詳歌で、その内四首は東歌が占めています（和田明美「万葉集「人妻ゆゑに」について」『和歌史論叢』和泉書院・二〇〇〇年）。

古代においてもタブーであった「人妻」への恋心や苦悶を詠じた歌のなかで、作者名が明らかな歌は大海人皇子と大伴安麻呂の二首、しかも「人妻」が誰の妻であるのか明確なのは、四五一六首を収める『万葉集』において大海人皇子のこの歌のみです。「人妻ゆゑに」の結び（結果・帰結）を内にこめつつ省略したのは、天智天皇への配慮、冷めやらぬ三角関係と無関係ではないように思われます。袖を振って愛情を示す大海人皇子に対して、額田王は「野守は見ずや君が袖振る」と詠み、それを受けつつ中年になった元の妻・額田王に向かって、前夫は「紫草《むらさき》のにほへる妹を憎くあらば」と応じます。薬狩の宴席での贈答歌は、笑いを呼ぶユーモアのみでは済まされない緊張、ないしは一座の人々をヒヤリとさせる緊迫感をもたらしたのではないでしょうか。現存の資料からは、壬申の乱の背後に男女の愛憎や額田王をめぐる三角関係を読み取ることはできません。しかしながら、宴席でのこの贈答歌にいくらかの真実が託されているとすれば、天武天皇の心に燻り続けた感情を、天智天皇亡き後直ちに壬申の乱・近江朝滅亡へと駆り立てた一要因と見ても、あながち穿ち過ぎではないでしょう。

なおこの三角関係は、中大兄（天智天皇）の「三山歌」にも詠まれています。中大兄は、「天降《あも》り」伝説を持つ「香具山」にみずからを重ねて、二男山が一女山を争った「神代」の古代神話をベースに、そこに根拠を求めて今の世の妻争いを正当化し、「うつせみも嬬《つま》を争ふらしき」と表しています。「神代」と「うつせみ」を同一の次元に置いて自己の恋を詠じる表現手法は、古代神話的な思考の所産と言えるでしょう。

○香具山《かぐやま》は　畝傍《うねび》を愛しと　耳梨《みみなし》と　相争ひき　神代より　斯くにしあるらし　古《いにしへ》も　然《しか》にあれこそ　うつせみも　嬬《つま》を争ふらしき　（巻一・一三・中大兄皇子）

うたう　むらさきの　にほへるいもを　にくくあらば　ひとづまゆゑに　あれ**こひ**めやも　CD〔27〕

LHHLL　LLLHLHH　LLFLHL　HLHLHLH　LHLFFF

二〇番歌との贈答の趣でうたうときは、前の歌の末尾との間合い、音程やテンポの異同、感情の込め方など、工夫してみてください。「にくくあらば」は五音句の字余りです。「あ」を短くして五拍にしましょう。「ゆゑ」の「ゑ」はウェのように。「恋」はコ甲類、ヒ乙類です。クォフィのように。

6　打麻《うちそ》を麻続王《をみのおほきみ》海人《あま》なれや伊良虞《いらご》の島の玉藻《たまも》刈ります

打麻乎　麻続王　白水郎有哉　射等籠荷四間乃　珠藻苅麻須　（巻一・二三）

訳　（打ち麻を）麻続王は海人だからでしょうか（海人ではないのに）伊良虞の島の玉藻を刈っていらっしゃる。

解説　この歌は、麻続王が罪を得て「伊良虞の島」へ流された時に、失意の王をいたみ「哀傷」して詠んだ「人」（海人）の歌として所収されており、題詞には「麻続王流二於伊勢国伊良虞嶋一之時、人哀傷作歌」とあります。二三番歌とこれに続く二四番歌は贈答歌で、これら二首は、実際に動作を伴って歌い演じる古代歌謡的性質を帯びています。時の人が「伊良虞の島の玉藻刈ります」と詠めば、麻続王は「玉藻刈り食《は》む」と答えます。即妙に応じ合う贈答歌は、「玉藻刈る」ことを生業とする伊勢の海人（歌人）か海人族の即興歌人の手になることが想定されます。「玉藻刈る」悲運の王の姿は人々の哀感を誘い、時代を越えて歌い継がれ、「伊良虞の島」を舞台に貴種流離を「哀しび傷む」贈答歌として、表現上も昇華されたものと考えられます。『日本書紀』には「辛卯、三位麻続王、有レ罪。流二于因幡一」（天武天皇四年四月）とあり、左注はこの記事を引いています。この歌は、七世紀後半の天武朝の配流事件を基にしているようですが、詠歌内容に事件性は感じられません。配流地も「伊良虞《いらご》」（万葉集の題詞）「因幡《いなば》」（万葉集の左注と日本書紀）「板来《いたく》」（常陸国風土記）と変転します。史実そのものを詠む歌というよりは、悲運の王を詠む物語性を帯びた「哀傷」歌としての理解が求められる所以がここにあります。詳細は次の麻続王の歌（巻一・二四）に譲ります。

「打麻《うちそ》を」は麻を打つことから「麻続王」に掛かる枕詞。「海人なれや」は「海人なればや」に相当します。古代日本語は已然形が確定条件を内包しており、「なれや」が「なればや」の意で用いられましたので、ここは海人であるからでしょうか（そうではないのに）の意味です。「玉藻」は海藻の総称で、「玉＋藻」からなります。「玉」は「魂」と同根で、神威を帯びた聖なる存在、特に憑《よ》り代《しろ》となる丸い物や石を表しました。「玉藻」や「玉垣」「玉江」「玉橋」「玉串」「玉鬘」等、古代日本語「玉～」の「玉」も単なる美称ではなく、その原義が息づいています。「玉藻」の歌には、海人娘子《あまをとめ》が刈る様子が多く詠まれており、海人の生業であったこともうかがわれます。また、「伊勢」「常陸」「住吉」等『万葉集』に詠まれた「玉藻刈る」土地は、海人族とも関係が深いようです。

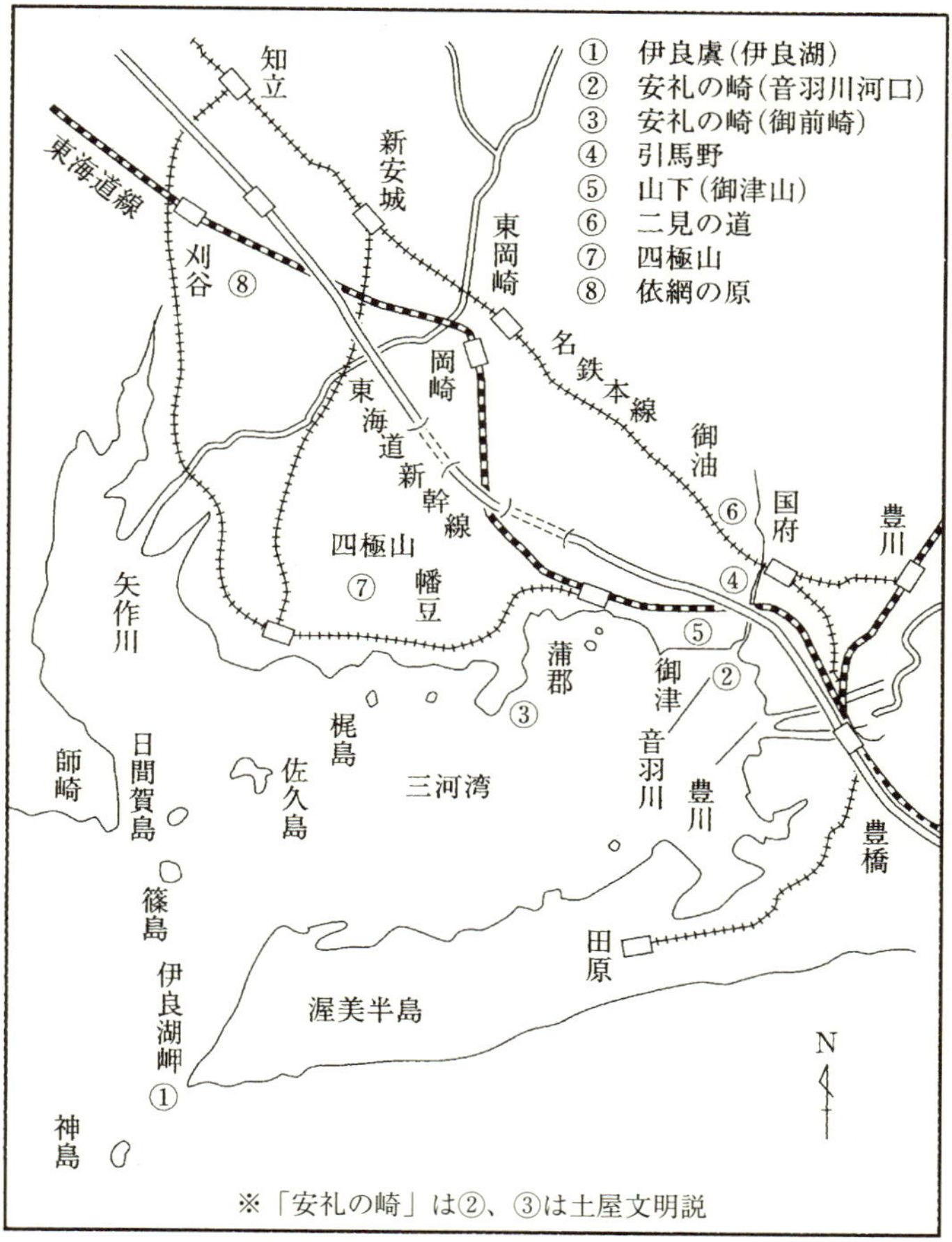

図８　「三河湾近隣地図」（『東海の万葉歌』おうふう）

　「伊良虞の島」は、

渥美半島の伊良湖崎とも、その前方に位置する神島ともいわれています。題詞に「伊勢国」とあることや、配流地としての条件等によるならば、古来伊勢領であった神島の可能性が高くなります。左注は配流地を「因幡」とする『日本書紀』を引いています（巻一・二四参照）。いずれにしろ「いらご」の「いら」は、草木の棘を表す「いら」や「いら（苛）なし」「いら（苛）けなし」と同根で、角ばり尖っている地形を捉えた語のようです。

うたう　CD〔37〕

うちそを　をみのおほきみ　あまなれや　いら**ご**のしまの　たまもかります

LFLH　**RF**LLHH　LLLFF　LLLLLLL　LLFHLLH

「うちそ」のアクセント不明。「打ち麻」語源説に従って「うつ」LFに「（あ）さ」（L）LがついたLFLと推定します。「そ」は「夏麻」「真麻」など複合語の末尾に出てきます。同語の「あさ」が独立形で「〜そ」が複合形でしょうから同じアクセントと推定しました。「ち」から「そ」へ滑らかに下がるようにしましょう。それで字足らずを補うことができます。枕詞として「をみ」にかかりますので間合いを工夫してください。「をみ」は「を（麻）」Rに「績む」LFの連用形がついたものの縮約したRFと推定します。類聚名義抄に「をうむ」の例が実際にあります。地名「いらご」は「苛」LLに接尾辞「こ」Lと推定します。低起式平板型だったとすると、現代の愛知県の渥美半島でHLL、尾張地方でLHHになっているのとうまく合います。前者は語頭隆起、後者は平板型を保ったと説明できます。第四句はLが続くので次第に上げて行きましょう。「ます」は「います」LLFが補助動詞化して「い」が落ちたと推定します。日本書紀の声点本に「あれます」「出でます」の「ます」に平上の声点がついた例があります。ここでは「や」との係り結びで連体形LHです。

7 うつせみの命を惜しみ波にぬれ伊良虞の島の玉藻刈り食《は》む

（巻一・二四・麻続王）

空蝉之　命乎惜美　浪尓所湿　伊良虞能嶋之　珠藻苅食

訳　（うつせみの）この世の命を惜しみ波に濡れ、伊良虞《いらご》の島の玉藻を刈って食しつつ命をつないでいます。

解説　伊良虞の島で、命をつなぐために波に濡れつつ玉藻を刈っていることを詠む麻続王の歌です。贈歌と同様に答歌も、伊勢の海人族ないしは即興歌人が詠じた可能性の高い歌です。波に濡れつつ玉藻を刈る王の姿は、人々の哀感を誘ったものと思われます。「伊良虞の島」を舞台として、海人と麻続王に扮した人それぞれが演じつつ歌う様子（舞台）が想定される一首です。「うつせみ」は、「うつし（現）おみ（臣）」→「うつそみ」の転で、現世・この世の人を表します。「うつせみの」は、「世・世の人・人」などに掛かる枕詞としても用いられました。本来「うつせみ」は、はかなさを表す語ではありませんが、奈良時代末期から平安時代にかけて、借訓であった「空蝉」「虚蝉」の表記が蝉の脱け殻（蝉蛻）または蝉をイメージするに伴い、仏教思想と相俟って意味も変化しました。ここは「空蝉」表記によっており（万葉集初出）、「うつせみの」は「命」にかかります。「うつせみの命を惜しみ波にぬれ」は、「玉藻」を詠む万葉集の歌に類例がありません。「波にぬれ」て「玉藻」を刈りつつ命をつなぐ王の姿が彷彿とされますが、配流の地で生きる王が「命を惜しむ」行為として「玉藻刈り食む」と詠む表現は、諦観の域にあって罪人としての悲壮感や慨嘆は払拭されています。少なくとも、罪によって配流に処せられた王の切迫した感情の流露でも、生々しい感情の表出でもありません。

結句「珠藻苅食」には、「かりはむ」と「かりをす」一通りの訓が見られます。「はむ」は「歯」を動詞化した語で、歯を噛み合わせて口にくわえることから食する行為を表すのに対して、「をす」は食する行為の尊敬語です。ここは麻続王みずからの行為の表現であるため、「玉藻刈りはむ」の訓に従います。

麻続王については系譜・経歴も不明で、『万葉集』の題詞・左注と『日本書紀』（天武天皇四年辛卯の条）、また『常陸国風土記』（行方郡《なめかた》）に記されているに過ぎません。しかも『日本書紀』にある「有レ罪」が、どのような罪であったのかも判然としません。麻続王が三位であることや二子ともに遠流であることから、天武四（六七五）年頃の政治的な反逆罪、もしくは壬申の乱と関わる事件を想定する見解もあります。『日本書紀』には、天武四年二月〜四月にかけて「群臣・百寮と天下の人民」に対する詔として種々の「犯」と「罪」が記されていますが、麻続王については「辛卯、三位麻続王有レ罪」とあるのみで、具体的に言及していません。天武朝に何らかの事件があり、流罪（冤罪）にされた王と子息がいたのは事実でしょう。しかし、この贈答歌や題詞・左注はさることながら、『日本書紀』の既述にも謀反の罪に問われた有間皇子・大津皇子のような事件性や生々しさはありません。

さらに、「伊勢の国伊良虞の島」がどこに当るのかも、諸説あって定説を得ません。今なお、渥美半島の伊良湖崎と見るか、その前方に位置し伊勢の国に属する神島と見なすか分かれています。麻続王とも関わりの深い聖地「伊勢国」の持つイメージと海人族由来の歌の特性、持統天皇行幸の時の人麿作歌（巻一・四〇〜四二）が、古代東海道の海路に当る「伊良虞の島」を詠んでいること等を勘案すれば、ここでの「伊良虞の島」は後世の「伊勢国いらこのわたり」（古今著門集十二）に相当する「神島」と考えた方がよさそうです。古来伊勢の国に属し神領でもあった「神島」には、実際に王子の墓とされるものや伝承が残っており、流謫地としても首肯されます。

『常陸国風土記』には、「飛鳥の浄御原《きよみはら》の天皇《すめらみこと》（天武天皇）の世に、麻績《をみ》の王を遣《やら》ひて、居《す》ませたまひし処なり。その海（霞ヶ浦）は、塩を焼く藻、海松《みる》・白貝《おふ》・辛螺《にし》・蛤《うむぎ》、多《さは》に生《お》ふ」（行方の郡）とあり、麻続王の配流地は行方郡「板来《いたく》」となっています。『万葉集』の左注と『日本書紀』は、干支に相違があるものの王と二子の配流地は一致します。「伊良虞」（万葉集題詞）「因幡」（万葉集左注と日本書紀）「板来」（常陸国風土記）は地理的には離れていますが、「玉藻」と無縁ではなく、音声上も類似しています。あるいは地名「イラゴ」「イナバ」「イタク」の揺れは、伝承の過程で生じたものとも考えられます。『万葉集』編纂時には、題詞にあるように「伊良虞《いらご》の島」とする資料（歌）に従い、のちに『日本書紀』を見た編纂者がこれを疑って、「若疑後人縁二歌辞一而誤記乎」（けだし、後人の歌の辞に縁りて誤り記せるか）との左注を加えたのではないでしょうか。『万葉集』のこの贈答歌の題詞・歌とともに左注は、集団的な古代の歌のありようを伝える重要な記録とも言えます。『万葉集』編纂に着手した当初、これらの歌は、伊勢の国・伊良虞の島を舞台に失意の麻続王を哀れみ傷む歌と、それへの即妙な応答の歌としての達成を見せ、その後も貴種流離の哀感極まる贈答歌として歌い継がれたといえます。

うたう

うつせみの　いのちををしみ　なみにぬれ　いらごのしまの　たまもかりはむ

LLHLL　LLHHLLF　LLHHF　LLLLLLL　LLFHLLF

CD〔38〕

二三番歌との贈答の趣でうたうときは、二三番歌で皇子に呼びかける、あるいは様子を見てうわさする、この二四番歌では、皇子から土地の人たちへの感謝、諦念など、さまざまに表現を工夫してみましょう。「うつせみ」のアクセント不明。通説では、語源が「現し」「おみ」で、その「おみ」の語源は「大御」の縮約です。「み」が上代特殊仮名遣いの甲類なので「御身」ではありません。「うつし」はLLF、「おほ」はLL、「み」はHです。接頭辞「み」は高起式の語をつくりますが、低起式の「おほ」の後につけばLになります。平安時代の「おほみ↓おみ（臣）」はLLです。LLFにLがついて「うつせみ」はLLHLLになります。ただし万葉集では「空蝉」「虚蝉」と書かれるときがあります。その「うつ」はHH「せみ」はHLです。その解釈を採るのならHHHLです。「はむ」は「（仕方なく）食べ（てい）る」です。「む」をしっかり下げましょう。

8　春過ぎて夏来《きた》るらし白栲《しろたへ》の衣《ころも》乾《ほ》したり天《あめ》の香具山《かぐやま》

春過而　夏来良之　白妙能　衣乾有　天之香来山

（巻一・二八・持統天皇）

訳　春が過ぎて夏が来たらしい。真っ白な衣が干してあります。天の香具山に（創建の時代が過ぎ繁栄の時代の到来のようです）。

解説　夏の更衣の時期、春から夏への季節の推移・到来をたたえた持統天皇の歌で、天降《あも》り伝説を持つ神聖な「天の香具山」に「白栲の衣」を乾している様子を詠んでいます。壬申の乱後の天武朝を受けて、新たな繁栄の時代を察した女帝の歓喜と心意気のこもる一首でもあります。

持統天皇は天武天皇の皇后で、草壁の皇子を生みました。本名は鸕野讃良《うのささら》皇女。天智天皇の第二皇女で、姉の大田皇女とともに大海人皇子（天武天皇）に嫁し、壬申の乱が終わったのちの六七三年二月に皇后となります。『日本書紀』には、「帝王《みかど》の女《むすめ》なりと雖《いへど》も、礼を好み節倹にして、母儀の徳有《ま》します」（持統天皇・称制前期）とあります。六八六年九月天皇崩御後は夫君の志を継いで称制（即位せず代行）、六九〇年正月に即位して持統天皇となりました。「皇后即天皇位。公卿・百寮羅列匝拝而拍手焉」（持統天皇四年一月）。はじめての帝都とも言うべき藤原宮造営はもとより、飛鳥清御原令の完成・戸籍作成（庚寅年籍）等、国内外の脅威にさらされた激動の時代の女帝として、古代日本の統治システム確立に心血を注ぎました。また、天武天皇以来の『古事記』『日本書紀』『万葉集』の編纂事業も推進しました。その一方で、事あるごとに壬申の乱とも関係の深い吉野行幸（三一回）を行うなど、シャーマン的な資質をそなえた行動力ある女帝でもあったようです。六九七年文武天皇に譲位後も太上天皇として権力を持ち、壬申の乱に際して功績のあった「三河国（尾張・美濃・伊勢・伊賀を含む）行幸」から帰還後間もなく崩御しました。五八歳の生涯でした。詳細はコラム「律令国家の成立と持統天皇」（丸山裕美子）に委ねます。

助動詞「らし」は、何らかの根拠に基づく推量を表します。この歌は、〈〜過ぎて〜らし〉の構文からなり、これと類似する「冬過ぎて春来たるらし朝日さす春日の山に霞たなびく」（巻十・一八四四）は、春の到来を詠んでいます。また、人麿歌集には「天の香具山」の立春を詠む「久方の天の香具山この夕《ゆふべ》霞たなびく春立つらしも」（巻十・一八一二）が見られます。「香具山」は大和三山の一つ。天上から下ったという「天降《あも》り」伝説を持つ神聖な山で、「天《あめ》の」を冠するのはそのためでもあります。「白栲《しろたへ》」は栲《たへ》（楮《こうぞ》）で織った白い布ですが、「白栲の」は枕詞としても用いられました。「白栲の衣」は、「天の香具山」を祭る人々の白い斎衣でしょうか、神聖・清浄で爽快な夏の訪れを感じさせます。「たり」は「て＋あり」〔teari→tari〕から生じた助動詞で、〜てある・ている意の存続・完了を表します。「干したり」は衣を干してある意味です。

古来日本人は春の訪れを寿ぎ祝して歌を詠みました。とりわけ『万葉集』の巻八と巻十は、のちの「四季分類」の先駆をなす巻ですが、公的儀礼的な「雑歌《ぞうか》」とともに私的な「相聞歌《そうもんか》」も、夏・冬に比して春・秋の歌が多いと言えます。春と秋の歌に見られるこの傾向は、王朝人の自然観を背景に平安時代の勅撰集において一層顕著になります。農耕の民であった古代日本人は、四季の移ろいや到来をすべて敏感に察知して歌ったわけではなく、芽吹きの春と実りの秋を節目として生活を営みかつ歌ったようです。『古事記』には「春山の霞壮士」と「秋山のしたひ壮士」（応神天皇）になぞらえた春秋譚があり、『万葉集』にも額田王が「春山万花之艶」と「秋山千葉之彩」を「競《きほ》ひ憐《あはれ》び」、「歌をもちて判《ことわ》る」春秋優劣の「冬ごもり　春さりくれば……そこし恨めし　秋山われは」（巻一・一六）が収められています（春山に天武天皇、秋山に天智天皇を重ねる説あり）。日本人は古来春と秋を好み、少なくとも夏に共感することは稀であったようです。季節の到来を詠む歌においても、同様の現象が認められます。したがって、「春過ぎて夏来るらし」と詠む歌は独創的で斬新な表現といえます。実際、『万葉集』には助動詞「らし」を用いて季節の到来を詠む歌は十三例あり（全て一二八例、訓異同と一云歌は除外）、「春」の到来を詠む歌が九例（69％）を占めています。次いで「秋」三例（一例は推移）、「夏」一例（当該歌）と続きますが、「冬」の到来を詠む歌は認められません。一般的に春の到来を詠む歌は、たなびく霞や梅の花・鶯・木末を根拠にして、「春来《きた》るらし」（三例）「春になるらし」（二例）と詠む点に特色があります。

古代日本に中国の四季の暦法が伝来したのは、欽明天皇の時代とされ、天武・持統朝に四季・四時の観念が定着・確立したようです。それゆえ清浄でさわやかな夏の到来を詠むこの歌は、「中国暦法の洗礼」を受けた新しい歌とみなされ、大和の人々に新たな季節感を宿しつつ作歌も促したようです（井出至「天の香具山」『人文研究』一九七四年十月、稲岡耕二『全注』）。わけても、「春過ぎて夏来るらし」と詠じる持統天皇のこの歌には、天武天皇の創建（春）から繁栄（夏）の時代への推移と新時代到来をたたえる心が投影されています。このような斬新な季節感に基づく夏到来歌を創出させたのは、天武天皇の遺志を継いで新たな時代を築こうとした女帝の決意と進取の気性ではないでしょうか。成立年代は定かではありませんが、夏の季節に繁栄の時代の到来を重ねて予知・予祝するかのごとき内容や神聖・清浄な表現から察すれば、藤原宮造営か遷都前後と推定されます。

なお、十三世紀の『小倉百人一首』（藤原定家）には、この歌は「来にけらし」「衣ほすてふ」の形で収められています。

○春過ぎて夏来にけらし白妙の衣ほすてふ天の香具山　（百人一首・二・持統天皇）

うたう　はるすぎて　なつきたるらし　しろたへの　ころもほしたり　あめのかぐやま　CD〔4〕
LFLFH　HLRHLRF　LLHHH　HHHLFLF　LHLHHHH

助動詞「らし」のアクセント不明。語幹「ら」の語源が「あり」の未然形LHだったとすると、形容詞型の語尾はFなのでRFになります。ゆっくり丁寧に発音するときは、前の用言の終止形末尾で下がるので「らし」の頭にわずかな上昇が生じたでしょう。現代語の「らしい」「だろう」もそうです。「天」は「あま」ならLL、「あめ」ならLFです。「やま」はLLですが、乾元本日本書紀の「かごやま」HHHHを採って高起式平板型の固有名詞になっていた形にします。「あめのかぐやま」をLHLHHLL、「あまのかぐやま」をLLLHHLLまたはLLLHHHHと発音しても意味は変わりません。表現に応じて工夫してください。

◎コラム——律令国家の成立と持統天皇

丸山裕美子

持統天皇は、幼名を鸕野讃良皇女といい、六四五年に生まれました。父である中大兄皇子（のちの天智天皇）が蘇我本宗家を滅ぼした乙巳の変（いわゆる大化改新）の年でした。母は改新政府の右大臣蘇我倉山田石川麻呂の娘、遠智娘。五歳の時、祖父石川麻呂は謀反の疑いをかけられて自殺し、母もその悲しみのあまり死亡しました。一三歳で父の弟である大海人皇子（のちの天武天皇）と結婚し、一九歳の時、父や夫とともに百済救援の役に九州まで赴いて白村江の敗戦を経験します。二八歳で父天智天皇が亡くなると、腹違いの弟大友皇子と夫との皇位継承争い（壬申の乱）を、夫についてともに戦い、勝ち抜きました。夫大海人皇子が天武天皇として即位すると、皇后に立ち、常に夫の傍らにあってこれを補佐したとされます。そして夫の死、相次いで息子である草壁皇子の死を経て、四六歳で女帝として即位したのです。この間、飛鳥浄御原令を施行し、五〇歳の時、藤原宮に遷都しました。五三歳で孫の軽皇子（文武天皇、当時一五歳）に譲位しますが、譲位後も持統は太上天皇として実質的には文武と共同統治のかたちをとっていました。七〇一年の大宝律令の完成、翌年の施行を見届け、七〇二年一二月、その生涯を閉じました。

度重なる政争、クーデター、対外戦争、内乱という激動の時代に翻弄されながらも、飛鳥浄御原令を施行し、壮麗な中国風の都城藤原京を建設し、律・令備わった大宝律令を完成させて、古代律令国家の礎を築いた類まれな力量をもった女性、それが持統天皇なのです。その生涯は、そのまま古代国家の成立過程と重なっています。

皇《おおきみ》は　神にしませば　天雲の　雷の上に　廬《いほり》せるかも　（万葉集・巻三・二三五）

持統天皇が雷の丘に行幸した際に柿本人麻呂が作ったとされる歌です。壬申の乱の後、天皇は神に例えられるほどに権威を高めました。かつての大和朝廷を構成していた有力貴族たちは力を失い、カリスマ的権威を身にまとった天武・持統両天皇により、中央集権国家＝律令国家の建設が成し遂げられたのでした。

9
東《ひむかし》の野にかぎろひの立つ見えてかへり見すれば月傾《かたぶ》きぬ

（巻一・四八・柿本人麿）

東　野炎　立所見而　反見為者　月西渡

訳　東の野に早朝のかぎろい（曙光）が射しそめるのが見えて、振り返って見ると月は西に傾いています（遊猟の時となりました）。

解説　軽皇子（後の文武天皇）が、遊猟のために安騎野（奈良県宇陀市）に宿った時、供奉した人麿が亡き草壁皇子（父）の御狩を想起・追懐しつつ詠じた長歌一首と短歌四首のなかの一首です。草壁皇子は、天武・持統天皇の皇子で、天武十（六八一）年二月に皇太子、持統三（六八九）年四月に逝去しました。軽皇子は、草壁皇子と阿閇皇女（後の元明天皇）の皇子で、持統十一（六九七）年二月に皇太子となり、八月には十五歳で即位して文武天皇となりました。慶雲四（七〇七）年六月に二五歳で崩御。

長歌後半の「…み雪降る　安騎の大野に…草枕　旅宿りせす　古《いにしへ》思ひて」（巻一・四五）を受けて、時間軸に沿いつつ次の四首が起承転結をなすかのように編まれています（『講義』）。これらの歌の前には、六九二年三月の持統天皇「伊勢国」行幸関連の歌があり（五月には藤原宮地鎮祭）、後作が藤原宮造営時の「藤原宮の役民作歌」であること、さらに長歌の「み雪降る」から察すると、持統六（六九二）年の冬の歌ではないかと考えられます（一説に同年十一月十七日）。

○安騎の野に宿る旅人うち靡き眠《い》も寝らめやも古《いにしへ》思ふに（巻一・四六）
○ま草刈る荒野《あらの》にはあれど黄葉《もみちば》の過ぎにし君が形見《かたみ》とそ来《こ》し（巻一・四七）

○東の野にかぎろひの立つ見えてかへり見すれば月傾きぬ　（巻一・四八）

○日並《ひなみし》皇子の命《みこと》の馬並《な》めてみ狩《かり》立たしし時は来向かふ　（巻一・四九）

かつて軽皇子の父・草壁皇子も、安騎野で冬に遊猟しており、追慕のこの遊猟には、それを再現しつつ天武天皇・草壁皇子・軽皇子と続く皇統をアピールしようとする持統天皇の強い意思が働いていたようです。軽皇子は当時一〇歳と推定され、皇位継承の可能性のある皇子たち（舎人皇子・長皇子・弓削皇子ら）を措いて、軽皇子を草壁皇子の後継者として周知するためであったと言えるでしょう。

古来「東」「野炎」「月西渡」等をめぐっては、諸説あって定訓を得ませんでした。しかし、賀茂真淵が新訓を提示してのち（『考』）、疑義は差し挟まれるものの真淵の訓に従うようになりました。「東《ひむがし》」（古代は清音 fimukasiか）は「日＋向か＋し」からなり、「し」は「にし」（西・西風）「あらし」（嵐）とも同根です。本来は日に向かう方向を表しました。『万葉集』では「東」を「日の経《たて》」（「たて」は「立つ」の連用形名詞）、「西」を「日の緯《よこ》」（「よこ」は「避《よ》く」の名詞形）と表現しています。「かぎろひ」は、「かがよ（耀）ふ」「かげろふ」と同根で、揺れて輝くものの意。この歌では、朝日が昇る直前に東の野を染める陽光を表しています。古代一般に「かぎろひ」は、「蜻火」「炎」と表記され、「埴生坂《はにふざか》　わが立ち見れば　かぎろひの　燃ゆる家群《いへむら》　妻が家のあたり」（古事記歌謡七六）「今更に雪降らめやもかぎろひの燃ゆる春べとなりにしものを」（巻十・一八三五）のように「燃ゆ」対象でした。この歌では、早朝の陽光を捉えて「立つ」と表現しています。「かへり見すれば月傾《かたぶ》きぬ」は、振り返って月の推移・運行を視覚で確認する表現です。「西」への「月」の動きは「傾く」と表され、「月渡る」「月立つ」とともに「月傾きぬ」は、時の推移や経過を含意します。東の野から西へと視線を大きく動かして、今まさに西に傾き山の端に入ろうとしている月の動き・時の推移を確認しています。この下二句は、亡き草壁皇子がかつて遊猟した時を想起させつつ、軽皇子による遊猟再現の時の到来を詠む結びの歌の「み狩立たしし時は来向ふ」（巻一・四九）へと響いています。

うたう　ひむかしの　**の**にかぎ**ろひ**の　たつみえて　かへりみすれば　つ**き**かたぶきぬ　CD〔5〕

HHHLL　LH**LHHL**H　LFRFH　LLFRLFL　LLLLHFF

「かぎろひ」のアクセント不明。語源は諸説ありますが、たぶん「かぎる（燿）」が「火」を連体修飾した語です。ルとロ甲類の交替はよくあります。「かぎ」は「かげ（景）」LHなどと同根でしょう。「かげろふ」のアクセントLHHLを代入しておきますが、動詞「かかやく（燿）」が高起式なので、HHHLの可能性も残ります。あるいは、これらの語の頭の「か」はみなRだったのかもしれません。それならRHHLです。「見えて」の「え」はア行の平仮名で代用していますが、ヤ行下二段なのでeでなくyeのような発音です。古代語は動詞が複合してもアクセントが変わりません。「かへりみす」の「り」でしっかり下げて「み」で上昇しましょう。ここが一首のなかで強調してうたうところです。

10

いづくにか舟泊《ふなは》てすらむ安礼《あれ》の崎漕《こ》ぎ廻《た》み行《ゆ》きし棚《たな》なし小舟《をぶね》

（巻一・五八・高市黒人）

何所尓可　船泊為良武　安礼乃埼　榜多味行之　棚無小舟

訳 どこに停泊しているのだろうか。（暮れなずむ三河湾の）安礼の崎を漕いで廻って行った舟棚のないあの小舟は。

解説 大宝二（七〇二）年、持統太上天皇の三河への行幸に供奉した高市黒人が、遠ざかり行く夕暮れの三河湾の孤舟に旅の憂いを託して詠んだ歌で、旅の宴で歌われたものと考えられます。黒人は藤原宮時代を生きた旅の歌人ですが、視線の彼方に去り行く舟に旅の孤愁や憂いを投影したこの歌は、黒人らしい特徴があられた一首でもあります。また、「二年壬寅、太上天皇幸二于参河国一時歌」の題詞をもって構成された五首（他の四首は長忌寸奥麿・誉謝女王・長皇子・舎人娘子）のうちの一首でもあります。『続日本紀』によると、持統太上天皇は大宝二（七〇二）年十月十日に三河国行幸、十一月十三日に尾張から美濃・伊勢・伊賀を経て、十一月二五日に帰京しました。しかし、五〇日ほどに及ぶ行幸ののち、十二月十三日には病床に臥し、二二日には崩御しました。

「高市連黒人羈旅歌八首」（巻三・二七〇～二七七）のなかにも、この行幸に際して詠まれた可能性の高い三河の「四極山」「二見」や尾張の「桜田」「年魚市潟」の歌が四首収められています（二七五番歌の一本歌を含めると五首）。この行幸の目的については、壬申の乱に際して天武軍に加勢し功をなした三河の国（尾張との混成軍か）への配慮とも、東辺諸国を中央集権体制に組み入れ、朝廷との関係を緊密化するためとも説かれています。ただし、『続日本紀』は「尾張・美濃・伊勢・伊賀等の国の郡司と百姓とに位を叙し禄賜ふ」と記すのに対して、三河に関しては十月三日「諸神を鎮め祭る。参河に幸せむとしたまふ為なり」「甲辰（十日）、太上天皇、参河国に幸したまふ」「戊子（二五日）、車駕、参河より至りたまふ」とあるのみで、行幸時の諸事も含めて何ら詳細を記していません。この行幸の真意が問われる所以でもあります。

「いづく」は、「いづれ」「いづち」と同根で不定称の場所を表し、のちに「いづこ」となります。〈いづくにか～らむ〉の構文による歌は、『万葉集』に一例のみで、今宵の宿りへの憂慮や不安をまじえた疑問推量を表します。「いづく」を初句に置く歌い出しも、黒人の歌の特色です（三例中二例）。その影響のもとに生まれた歌は、「舟乗りし」て「漕ぎ出来る舟」を詠んでおり、去り行く対象や夕暮れに停泊する舟を詠む黒人の歌とは対照的です。

○いづくにかわれは宿らむ高島の勝野の原にこの日暮れなば　（巻三・二七五・黒人）

○いづくにか舟乗りしけむ高島の香取の浦ゆ漕ぎ出来る舟　（巻七・一一七二・未詳）

「安礼の崎」は愛知県御津町御馬の南の崎。地名を三句目に置いて詠む黒人の手法も、従来の「土地ぼめ」や「国見歌」とは異なる新たな表現の創造を可能にしました（犬養孝『万葉の風土』塙書房・一九五六年）。「漕ぎ廻み行く」は、小舟の「漕ぐ」「廻む」「行く」それぞれの動きを捉えた黒人の独創的な造語です。「棚なし小舟」もまた、それ以前の歌人が用いなかった表現です。二三年を経て、笠金村の難波を舞台とする行幸歌を生み出す契機ともなりましたが、黒人の「棚なし小舟」が夕暮れ時に「漕ぎ廻み行く」か「漕ぎ隠る」（巻三・二七二）のに対して、金村は明け方の「楫の音」を聞き、しかも「漕ぎ出づらし」（巻六・九三〇）と舟出を詠んでいます。

とりわけ黒人は、他の宮廷歌人のような都での儀礼歌ではなく、三河・尾張をはじめ越中・近江・山城・摂津・吉野等の地方を詠じた短歌十九首（長歌なし）を残しています。この歌は、暮れなずむ三河湾の「安礼の崎」を漕ぎ廻り行く「棚なし小舟」に、自己のよるべなさや旅の不安・旅愁を投影してます。それを可能にしているのは、〈いづくにか～らむ〉の構文であり、「棚なし小舟」「漕ぎ廻み行く」「舟泊てす」等の独創的な造語（複合語）でもありました。とりわけこの歌は、藤原宮時代にあっては斬新な旅愁歌であり、黒人の省察と旅の孤愁・悲愁の感性は、時代を先取りしつつあらたな個的表象への道を切り拓いたと見なされます。（犬飼隆・和田明美編『語り継ぐ古代の文字文化』青簡舎・二〇一四年）。

うたう　いづくにか　ふなはてすらむ　あれのさき　こぎた**み**ゆきし　たななしをぶね　CD〔10〕

LHHHF　LHLFFLH　**HH**HHH　LFLFHLF　HHLF**HHH**

助動詞「らむ」はRF↓LF。ここでは「か」の係りの結びでLHです。地名「あれ」のアクセント不明。現地に伝わる荒れる場所という語源説によってHHとします。動詞「たむ」は上二段活用なので連用形語尾がミ乙類です。発音が難しいかもしれませんが練習してみてください。現代の濃尾方言の「低い」「古い」などウとイの続くところの要領です。「を（小）」はH、「舟」はLHです。類聚名義抄には一語になった「をぶね」HHHの例がありますが、HLHのままでもかまいません。付録CDではそのうたいかたで波にゆれるさまを表現しています。

11 宵《よひ》に逢ひて朝面《あしたおも》なみ隠《なばり》にか日《け》長く妹《いも》が廬《いほり》せりけむ

（巻一・六〇・長皇子）

暮相而　朝面無美　隠尓加　気長妹之　廬利為里計武

訳 宵に逢い翌朝には恥ずかしくて隠《なま》るという名張に、妹は長いあいだ旅の潔斎のために籠っていたのでしょうか。

解説 五八番歌と同じく大宝二（七〇二）年の持統太上天皇行幸関連の長皇子の歌です。この時、長皇子は都に留まったようで、行幸に供奉した女性に思いを馳せて詠じています。夜の逢瀬を恥じらって朝には顔を隠す「妹」のイメージを活かして伊賀・隠《なばり》（名張）を詠むこの歌も、長皇子が宴席（帰京時か）で歌ったものと考えられます。『続日本紀』には、持統太上天皇は大宝二（七〇二）年十月十日に三河へ行幸し、十一月十三日に尾張から美濃・伊勢・伊賀を経て十一月二五日に還宮したことが記されています。長皇子は、天武天皇の第四皇子で、母は天智天皇の娘・大江の皇女。軽皇子（文武天皇）の有力な対立候補でもありました。短歌五首が、巻一を中心に巻二にも収められています。和銅八（七一五）年六月四日に一品で没しており、この歌は三七歳頃の作とされています。

「宵」は、「ゆふべ→よひ→よなか→あかつき→あした」と続く夜の第二の時間帯で、男女が逢う時でもありました。「宵」「夜」「夜中」の「よ」は同根で、「あした」は「ゆふべ」の対です。「朝面《あしたおも》なし」は、朝になって恥ずかしさにあわせる顔がないことを表します。「なみ」は「なし」のミ語法で、～ないでの意。ここまでが序となって「隠《なばり》」（名張）を導きます。「名張」は三重県名張市で、古代は畿内との境に位置する国境の地でした。

巻八にも女性が恥じらい「隠《なま》る」イメージを担う名張の歌が見られ、当地での伝承が想起されます。なお、六九二年に行われた伊勢国行幸（持統天皇）に際しても、畿内との国境に位置する伊賀・隠《なばり》（名張）が詠まれており、留守を守る妻は険しい名張越えの夫を案じています。

○宵《よひ》に逢ひて朝面《あしたおも》なみ隠《なばり》野の萩は散りにき黄葉《もみち》はや継げ　（巻八・一五三六・縁達師）

○わが背子はいづく行くらむ奥つ藻の隠《なばり》の山を今日か越ゆらむ　（巻一・四三・当麻真人麿妻）

「日長《け》し」の「け」は日数のこと。「か」（二日・三日）の転で、「日《ひ》」が一日であるのに対して、「日長《け》し」は二日以上にわたる期間を表します。四句の「気長妹之」は、「日長《け》く」（連用形）「日長《け》き」（連体形）いずれの訓も成り立ちます。「日長《け》く」（連用形）ですと動詞「廬《いほり》す」の連用修飾語、「日長《け》き」であれば「妹」の連体修飾語となります。しかし、古代日本語「日長《け》し」が連体修飾格に立つ場合には、主語や主題を提示して「恋しくの日長《け》き我」「年の恋日長《け》き児らが」「恋しくは日長《け》きものを」等のように表現されています。『攷証』が「ケナガク」と訓み、『全注釈』『大系』『注釈』『全注』等がこの訓に従いました。ここでは、「廬《いほり》せりけむ」との意味的関係をも考慮に入れて、「日長《け》く」（連用形）の訓によりました。「廬《いほり》せりけむ」は、「廬《いほり》す」に完了・存続の助動詞「り」と、歴然たる事実や明確な事柄に基づく推量を表す「けむ」が下接したもので、廬していたのだろうかの意味です。「廬《いほり》す」は「廬《いほり》」をサ変動詞化した語で、仮の住まいを作って籠ることを表します。ここは潔斎のために籠ることをいい、特に旅の安全・無事を祈願しての「こもり」は女性に求められたようです。国境の地・名張は、旅の行程でも重要な「廬」の場であったと考えられます。「妹」は一行から遅れて到着したのでしょう。助動詞「けむ」が用いられていることから、「廬せる」ことは自明・確かな事実といえます。

つまりこの歌は、「隠《なばり》」（名張）が喚起する地名のイメージを巧みに活かしつつ、数日のあいだ「妹」は国境の地・名張で旅の無事を祈り潔斎のために籠っていたのだろうかと察した歌なのです。

うたう　よひにあひて　あしたおもなみ　なばりにか　けながくいもが　いほりせりけむ　ＣＤ〔11〕

ＨＨＨＬＦＨ　ＬＬＬＬＬＦ　**ＦＨＬ**ＨＦ　**ＬＬＨＬ**ＬＨＨ　ＬＬＬＨＬＨＨ

男性の立場でうたう恋歌ですが付録ＣＤは女声による男歌です。地名「なばり」のアクセント不明。「名」Ｆと「張り」ＨＬを代入しておきます。「け（日）」のアクセントは「二日」の「か」も「暦」の「こ」もＬなのでＬと推定します。「目蓋」の「ま」も「守る」の「も」も「目」の「め」もＬなのと同様です。ただし、「万葉人の声再現の試み」４－６（21頁）で述べたように、単独で発音するときは末尾を少し上げたでしょう。うたうときは「けなが」と滑らかに上昇するようにしましょう。「けながく」は「いほりす」を連用修飾するので「く」の後で一度切れます。息を継いで「いも」の「い」を少し高くすると良いでしょう。原文の「長」を連体形「ながき」に訓む説によるときはアクセントがＬＬＦに変わるだけでなく「いも」との前に間を置きません。助動詞「けむ」は古今集の声点本にＨＬの例があるのを採ります。ここでは「か」との係り結びで連体形ＨＨです。

12

家《いへ》にあれば笥《け》に盛る飯《いひ》を草枕旅にしあれば椎《しひ》の葉に盛る

家有者　笥尓盛飯乎　草枕　旅尓之有者　椎之葉尓盛

（巻二・一四二・有間皇子）

訳　家に居る時は器に盛る飯を、（草枕）旅にあるので椎の葉に盛ることです。

解説　斉明天皇の紀湯《きのゆ》行幸中に謀反を企てた有間皇子が、捕えられて紀伊国へ護送される途次に岩代（和歌山県南部《みなべ》町）で詠んだとされる歌の一首です。当時、有間皇子は十九歳と推定されます。「家」と「旅」が対比的に詠まれており、「家にあれば」と「旅にしあれば」が対句をなしつつ、護送の旅の身は「笥《け》に盛る飯《いひ》」を「椎の葉に盛る」と詠じています。題詞には「有間皇子自傷結二松枝一歌二首」とあり、一首目に「岩代の浜松が枝を引き結びま幸くあらばまたかへり見む」（巻二・一四一）、次いでこの歌が収められています。『万葉集』巻一（雑歌）とともに巻二（相聞・挽歌）は、勅撰集的な巻といわれています。そのような「挽歌」の部立の最初に、謀反によって絞首に処せられた有間皇子の自傷歌を所収し、さらに四〇数年後の持統・文武天皇行幸（七〇二年）に際して結び松を見て「哀しび咽《むせ》ぶ」長奥麻呂の歌や、山上憶良の追和歌等を収めていることに留意する必要があるでしょう。

「笥《け》」は物をいれる器で、当時一般的には竹製か木製でした。「飯《いひ》」は甑《こしき》に入れ蒸した米飯。古代に携帯用としたのは、干し固めたものでした。「椎」はブナの木科の常緑高木で、白い実は食用としました。葉が大きくないため、枝を折り重ねた上に飯を盛ったのでしょうか。この歌は、「家」と「旅」とを対比して〈家＝故郷〉〈旅＝異郷〉捉えつつ、「旅」の侘しさや愛する人と離れた寂しさを詠む古代和歌の発想に基づいたものと考えられます（伊藤博『万葉集の表現と方法 下』塙書房・一九七六年）。

○家ならば妹が手まかむ草枕旅に臥《こ》やせるこの旅人《たびと》あはれ　（巻三・四一五・聖徳太子）

なお、神饌説に従って「椎の葉に盛る」を、道祖神の神前に供えて旅の安全と行く末を祈願した表現と見る説もあります（高崎正秀・犬養孝・池田弥三郎他）。

有間皇子は、孝徳天皇の皇子として舒明十二（六四〇）年頃に誕生したようです。母は左大臣・阿部倉梯麻呂の女《むすめ》の小足媛《をたらしひめ》。『日本書紀』には「性黠陽狂」（斉明天皇三年）とあり、これに従えば悪賢く狂人を装ったことになります。六五八年十一月三日、斉明天皇が紀湯《きのゆ》に行幸している留守中に、蘇我赤兄《あかえ》の天皇への批判の言葉にそそのかされて有間皇子が挙兵の意向を漏らすや、五日には捕えられます。赤兄《あかえ》は皇子の家を包囲するとともに、駅使《はゆま》（早馬）を牟婁《むろ》の湯へ遣したのでした。九日には紀伊の温泉に護送され、有間皇子は訊問を受けます。皇太子・中大兄皇子（天智天皇）が「何のゆゑか謀反《みかどかたぶ》けむとす」と問うと、「天《あめ》と赤兄《あかえ》と知らむ。吾《あれ》全《もは》ら解《し》らず」と答えました。『日本書紀』は、十一日に藤白坂（和歌山県南海市藤白）で絞殺されたことを記しています。「庚寅、遣㆓丹比小沢連国襲㆒、絞㆓有間皇子於藤白坂㆒」（斉明天皇四年十一月）。斬刑や流罪（上野・尾張へ）の人物がいるにもかかわらず、赤兄は罪に問われることなく、天智天皇の時代には左大臣になりました。この事件の真相が問われるところです。実際には、中大兄皇子と鎌足の陰謀によるものとするのが大方の見方のようです。

この事件の悲劇性は、のちのちまで

図９　「岩代付近図」
（『万葉集全注』有斐閣）

人々の哀感と共感を呼び、有間皇子を偲ぶ「結び松」の歌を多く生み出しました。当時の人々は、有間皇子の自傷歌二首を単なる「旅」の歌としてではなく、絞首の罪を得る直前の歌として享受し、死を覚悟した皇子の憂いや命への祈りを看て取ったようです。のちの「哀咽歌」や「追和歌」が、そのことを如実に物語っています。

うたう　CD〔14〕〔15〕

いへにあれば　けにもるいひを　くさまくら　たびにしあれば　しひのはにもる
LLHLFL　HHHHLLH　LLLLH　HLHFLFL　LLLFHHL

付録CDは自傷歌の趣でうたっています。もとの素材は道中の食事で残してきた人たちに想いをはせ旅の無事を祈る歌でしょう。その趣の合唱をあわせて収めました。初句は五音句の字余りなのでリズムにのせてうたうときは「あれば」の「あ」を短くします。枕詞「くさまくら」のアクセント不明。「草」と「枕」のアクセントをあてておきます。

13

淡海《あふみ》の海夕波《ゆふなみ》千鳥《ちどり》汝《な》が鳴けば心もしのにいにしへ思《おも》ほゆ

（巻三・二六六・柿本人麿）

淡海乃海　夕浪千鳥　汝鳴者　情毛思努尓　古所念

訳　近江の海の夕波千鳥よ、お前が鳴くと、ひたすら天智天皇やその時代が思い返されて思慕の心が募ることです。

解説　夕暮れの琵琶湖の波間に鳴く千鳥の声を聞きながら、近江朝を追懐しつつ天智天皇への思慕を詠む柿本人麿の歌です。天智天皇が近江に遷都して新たな都を築いたのは、六六七年のことでした（巻一・一八番歌参照）。六七二年、壬申の乱により近江朝は滅亡し、近江大津の宮は跡形もなく消失しましたが、藤原の宮時代を生きた歌人・人麿にとって、新たな時代を創建するべく政治や文化の隆盛をもたらした近江朝は、今の繁栄の源であるとともに自己のよるべとなる時代であったようです。人麿の生没年は未詳ですが、『万葉集』の二期を代表する歌人です。作歌年代の明らかなものとしては、六八九年の日並皇子殯宮の時の歌が最も古く、七〇七年の「臨死自傷歌」に至ります。短歌六六（重出五首）、長歌一八（重出二首）、人麿歌集三六五首を残し、後世まで歌聖人麿と称えられました。

「淡海」は琵琶湖。「夕波千鳥」は人麿が創出した造語で、「夕波」と「千鳥」を結合させた語です。『万葉集』にこの一例のみで、琵琶湖の夕波に立ち騒ぐ千鳥を一語で表したものといわれています（岸本由豆流『万葉集攷証』）。「千鳥」の鳴く声は、亡き天智天皇を慕い鳴く声として聞こえ、人麿の心に思慕の情を呼び覚ましたのでしょう。古代日本人は、「千鳥」のみならず「ほととぎす」の声も、恋しい人や亡き人（魂）を呼ぶ声と聞き、みずからも恋情や思慕の情を募らせました。「しのに」の「しの」は「しの（偲）ふ」と同根で、一般にしみじみと、あるいはしっとりとうち萎れての意とされています。しかし、語源や用法からすると、対象に惹かれてひたすら恋情を寄せ、故人への思慕・追慕の心を募らせる状態を表しています（大平順子「「淡海の海」の歌」『万葉集の表現の研究』風間書房・一九八六年）。契沖『万葉代匠記』の「シノニとはしげくなり」も、いくらか真意を捉えているようです。「いにしへ」は、「去に（「去ぬ」の連用形）＋し（過去の助動詞「き」の連体形）＋へ（辺）」で、過ぎ去った時代の出来事や人物を表します。遠い過去のことではあっても、現在へと続き今の世に波及する場合に使用します。一方「むかし」は、「む（向）か＋し（方）」で、回想が向かっていく方向を表し、伝承や記憶のなかの一時点や、現在に対しての過去を表します。ここでは、近江朝を築いた天智天皇が想起され、必然的に人麿の時代へと続く律令政治や文芸隆盛の端緒を拓いた天智天皇の御代へと思いを馳せることになります。

　この歌は、近江朝滅亡後二十年ほど経て、旧都を懐古して詠んだ人麿の「近江荒都歌」（巻一・二九〜三一）とほぼ同時代の作といわれています。一部に、両者は近江朝との距離の取り方に相違があり、作歌年代も別との見方もありますが、「心もしのに古思ほゆ」を正確に把握するならば、「ももしきの　大宮処　見れば悲しも」「大《おほ》宮人《みやひと》の船待ちかねつ」「昔の人にまたも逢はめやも」にこめられた荒都への懐古や哀切な思慕と通底するものが認められます。これらは人麿二十代後半の歌のようです。

○玉襷　畝傍の山の……天離る　夷にはあれど　石《いは》走る　淡海の国の　楽浪《ささなみ》の　大津の宮に　天の下　知らしめしけむ　天皇《すめろき》の　神の尊《みこと》の　大宮は　ここと聞けども　大殿は　ここと言へども　春草の　繁く生ひたる　霞立ち　春日の霧《き》れる　ももしきの　大宮処　見れば悲しも　（巻一・二九）

○ささなみの志賀の辛崎《からさき》幸くあれど大宮人《おほみやひと》の船待ちかねつ　（巻一・三〇）

○ささなみの志賀の大わだ淀むとも昔の人にまたも逢はめやも　（巻一・三一）

西暦／典拠	賀茂真淵『考』	土屋文明『私注』	武田祐吉（※1）	神田秀夫（※2）	橋本達雄（※3）	吉田義孝（※4）	神野志隆光（※5）	
647						頃1		大化3
650							↕1	大化6
655		頃1						斉明1
658								有間皇子の変
659					1			斉明、平浦行幸
661			1					御船西征（1/6〜）・天智称制（7/24）
663								白村江の戦
666	頃1							
667				1				近江遷都（3/19）
668								天智即位
671								天智崩御（12/3）
672	7 8	18 19	12	6	14	25 26	↑23	壬申の乱（6/22〜7/26）巻二・199
673						26 27	↓	天武即位
680	15 16	26 27	20↑	14	22	33 34	↑31	庚辰年（巻十・2033左注）
683			↓				↓	鏡姫王薨（7/5）
686								天武崩御（9/9）・大津皇子の変（10/2）
687	22 23		26	21	28			持統1
689	24 25	35 36	28	23	30	42 43	↑40	草壁王子薨（4/13）巻二・167
690	25 26	36 37	29	24	31	43 44	41	持統4・持統即位（1/1）巻一・29
694							↓	藤原遷都（12/6）
697			37		39			文武即位
700	35 36	46 47	40	34	42	53 54	↑51	明日香皇女薨（4/4）巻二・196
702							↓	持統崩御（12/22）
707								元明即位
708				42↑没	50	62 63 没		和銅1・柿本佐留卒（4/20）
709				43↓				和銅2
710								平城遷都

※2神田秀夫氏『人麻呂歌集と人麻呂伝』昭和四十年
※1武田祐吉氏『国文学研究—柿本人麻呂攷』昭和十八年
※5神野志隆光氏「柿本人麻呂事典」（別冊国文学『万葉集必携Ⅱ』）昭和五十六年
※4吉田義孝氏「柿本人麻呂における近江朝と持統朝」（『国語と国文学』昭和四十七年十月号）
※3橋本達雄氏「柿本人麻呂」（和歌文学講座5『万葉の歌人』）昭和四十四年

図10　柿本人麿年齢推定諸説（『万葉の歌⑧滋賀』保育社、1986年）

またこの歌は、天智天皇崩御直後の大后の歌（巻二・一五三）の影響も受けているようです。したがって、「淡海の海」の「若草の　夫《つま》の　思ふ鳥」は、二十数年後に人麿によって独創的な「夕波千鳥」としての表象を得たといえます。

うたう

CD〔16〕

あふみのうみ　ゆふなみちどり　ながなけば　こころもしのに　いにしへおもほゆ
ＬＬＨＨＬＨ　ＨＨＬＬＬＨＨ　ＲＨＨＦＬ　ＬＬＨＦＬＬＨ　ＨＨＨＬＬＬＦ

初句は五音句の字余りなので「うみ」の「う」を短くします。ここは前も後もＨですから「の」と「み」の間で音程の谷をつくって小さな「ん」のように発音すれば良いでしょう。第二句は千鳥に呼びかけます。その後の間合いをうまくとってください。「しの」のノ甲類は、その前にオ乙類が続いていますので、ここでしっかり唇を丸めるように練習しましょう。「しの」のアクセント不明。「偲ふ」の語幹のＬＬをあてておきます。なお「しのに」を副詞とみるならＬＨＬの可能性も残ります。末句は七音句の字余りです。「へ」をhyeeのように伸ばして下げ、その末尾に「お」を小さくつけるようにうたいましょう。

◎コラム——

唱詠のかたち —字余りと音数律について—

鈴木　喬

「字余り」は、五音句、七音句が六音句、七音句が八音句になっているものをさします。『古今和歌集』等に比べ『万葉集』は「字余り」句を多く持ち、その字余り句のほとんどが句中にアイウエオの単独母音を含みます。

	・あふみのうみ	ゆふなみちどり	ながなけば	こころもしのに	いにしへおもほゆ
文字	⑥	⑦	⑤	⑦	⑧
声	⑤	⑦	⑤	⑦	⑦

そのため見かけ（音節）の上では、字余り句になっていても、「のう」「へお」がひとかたまりで発音され、句を発音する長さが五音・七音の定型句と変わらないとされます。また字余りの様相から第一句、第三句、第五句は切れ目なしに唱詠され、第二句、第四句の多くに音のとぎれがあったことが明らかになっています。

今様の拍子をもとに復元した付録CDの唱詠法は、音節を伸ばし発声します。そのため七音句を一息で唱詠しようとするのは難しく、七音句に音のとぎれが生じるのは当然のことと実感できるはずです。また音のとぎれのないとされる第五句は、句の前に大きな息継ぎがあったことを推定させます。これは『万葉集』の韻律的形式が「五七」「五七」と続く、五七調であることと関係していると考えられます。

短歌や俳句などの詩歌は、五音節と七音節を基本単位として、五七調・七五調という音数律を構成し、意味のまとまりをあらわします。たとえば俳句や百人一首などにおいて、

・ふるいけや／かはづとびこむ　みづのおと　（松尾芭蕉）

第一句と第二句で句切れ（初句切れ）、第二句、第三句が音のまとまりとして唱詠されます。これが七五調です。七五調は、『古今和歌集』以降、基本的な韻律として定着するようになります。なお『古今和歌集』以降の短歌や俳句において初句、三句切れになりやすいのはこのためです（『万葉集』は、二句、四句切れが多く見られます）。

一方で『万葉集』は、

・はるすぎて　なつきたるらし　／　しろたへの　ころもほしたり／　あめのかぐやま

「五七」「五七」のまとまりをなすものが多く、五七調で構成されています。第五句は五七に続くため、第四句と第五句の間には大きなとぎれ（休止）をなしていたと思われます。声を出して歌い上げる際に、そこに大きな息継ぎをいれることが可能になります。そのため十分な呼気をたもて、七音句である第五句は、一息で詠むことが可能だったのです。一息で詠み上げられた第五句は、強調の効果を果たしていたはずです。

以上みてきましたように『万葉集』と『古今和歌集』以降とでは、「字余り」「音数律」と韻律面において異なりをみせ、声に出す「唱詠のかたち」に大きな違いがあったのです。我々は『万葉集』の歌を読み上げる場合、百人一首のような七五調の拍子ではなく、意味のつながりを意識した五七調の拍子で読み上げる必要があるのです。

《参考文献》毛利正守「萬葉集の字余り―音韻現象と唱詠法による現象との間」『日本語の研究』第七巻一号、二〇一一年

14

桜田へ鶴《たづ》鳴き渡る年魚市潟《あゆちがた》潮干《しほひ》にけらし鶴鳴き渡る

桜田部　鶴鳴渡　年魚市方　塩干二家良之　鶴鳴渡

（巻三・二七一・高市黒人）

訳　桜田の方へ鶴が鳴いて渡って行く。年魚市潟は潮が引いたらしい。（郷愁を誘う声で）鶴が鳴いて渡って行く。

解説　干潮時に「桜田」（名古屋市南区桜田・桜台あたり）へ向かって鳴き渡る「鶴」を詠む黒人の歌です。機会を異にする旅の歌からなる「高市連黒人羇旅歌八首」（巻三・二七〇〜二七七）の一首です。これらは、人麿の「羇旅歌八首」（巻三・二四九〜二五六）になぞらえて、のちに編まれたものともいわれています。「桜田」の歌は、大宝二（七〇二）年に行われた持統太政天皇の三河行幸に際しての歌である可能性が高く、視点や詠歌内容からすると三河からの帰路の歌のようです。黒人の羇旅歌八首のうち、尾張・三河関連の歌は、これを入れて四首（四極山や三河の二見の道等）、一本歌を入れると五首収められています。

『倭名類聚鈔』にも「尾張国愛智郡」に「作良」とあり、「桜田」の地を察する手がかりになります。「年魚市《あゆち》潟《がた》」は、名古屋市南区から熱田区一帯の入海で、この時代干潮時には広大な干潟となりました。満潮時は船で、干潮時は徒歩で渡ったようです。後世「鳴海潟」と言われ、『更級日記』や中世の紀行文には、徒歩で渡る様子がリアルに描かれています。「けらし」は、助動詞「けり」と「らし」からなり、何かに気付いて根拠に基づき推量する場合に用いられます。『万葉集』には三五例ほどあり、季節の推移や自然の営み、また恋歌や讃歌にも使用されています。「らし」との相違は、鶴の声や波・船を根拠に潮の満ち干を詠む歌に顕著に表れています。助動詞「らし」はもっぱら満潮時を捉えた「潮満ち来らし」「波立つらしも」等（六例）であるのに対して、「け

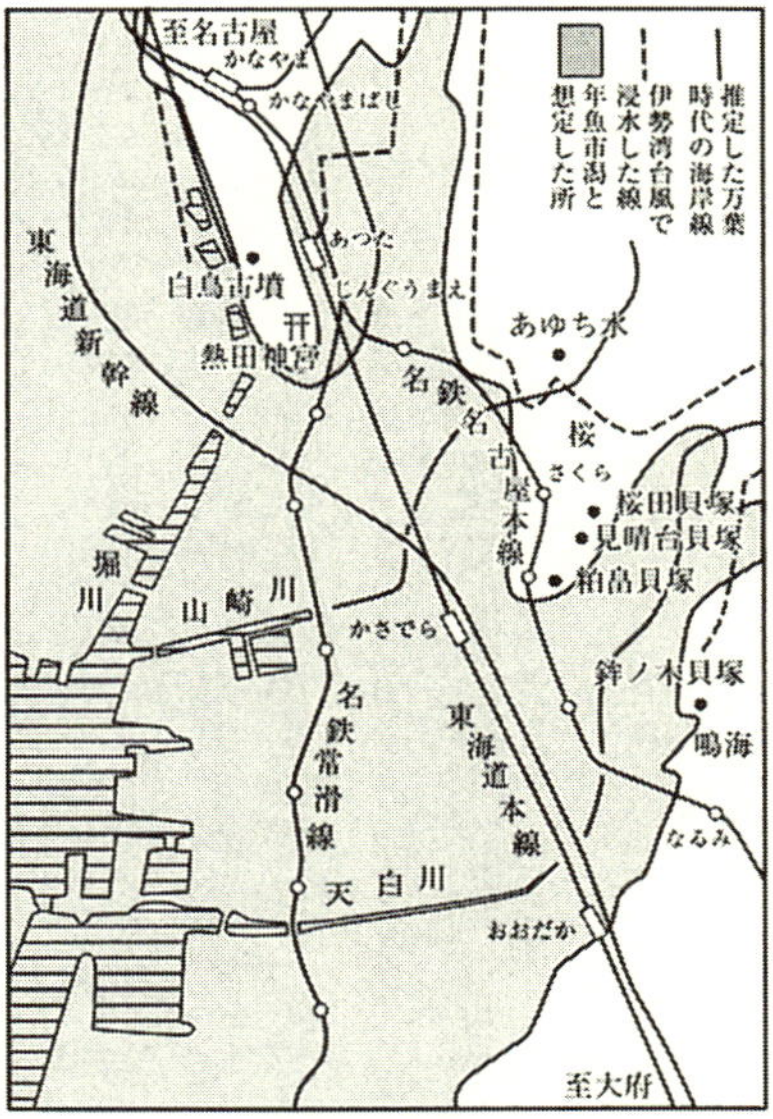

図11　年魚市潟想定図
（『東海の万葉歌』おうふう）

らし」は干潮時を捉えた「潮干にけらし」（三例）に限られています。ここでの「潮干にけらし」は、干潟で餌をあさるため鳴き渡る「鶴」の様子を通して、余情をこめて干潮になったことを察した表現です。しかも、鶴の鳴き声は恋心や思慕の情を誘発したのです。

さらに、黒人のこの歌は山部赤人の「若の浦」の歌と同じモチーフ（鶴・潟・潮）によっており、「鶴鳴き渡る」を共有しているために、しばしば対比されつつ鶴を詠む叙景の秀歌として享受されてきました。

○若の浦に潮満ち来れば潟をなみ葦辺をさして鶴鳴き渡る　（巻六・九一九）

両者の相違は、赤人がスケール豊かに紀州「若の浦」の全景を捉えながら「満ち来る」浦潮の動態を捉え、「葦辺をさして」鳴き渡る「鶴」を点景として描出するのに対して、黒人の視線はもっぱら「桜田」へ向かって鳴き渡る「鶴」に注がれている点にあります。黒人は、もちろん赤人のように干潟の全景を捉えることも、浦潮の躍動感を詠むこともありません。しかし、二句目・四句目の「鶴鳴き渡る」のリフレインにより、干潮時に「桜田」へ鳴き渡る「鶴」の光景が音声を伴って残像を結びます。万葉人は鶴のみならず鳥の声を「妻呼ぶ声」と聞いたことから、桜田へ「鳴き渡る」鶴の声は、黒人にとっても郷愁や哀愁を誘う声であったはずです。

この歌は、桜田方向へ「鳴き渡る」鶴を見ながら、潮干の「年魚市潟」の様子を思い描いての詠作であることから、三河行幸の帰路「十一月丙子（十三日）、行《みゆき》、尾張国に至りたまふ」（続日本紀・大宝二年）頃の歌と見なされます。なお、巻七の「羇旅作」の作者未詳歌のなかにも、潮干の年魚市潟を詠む歌があります。

○年魚市潟潮干にけらし知多の浦に朝漕ぐ舟も沖に寄る見ゆ　（巻七・一一六三）

「桜田」の歌は、旅の歌人・黒人が「鶴鳴き渡る」眼前の景に触発されて、当時の「年魚市潟」に纏わる舟歌や民謡をも掬い上げつつ、旅愁や孤愁を投影する歌としての表象を試みた斬新な一作であったと考えられます。

うたう

さくらだへ　たづなきわたる　あゆちがた　しほひにけらし　たづなきわたる　CD〔12〕〔13〕

ＨＨＬＬＨ　ＬＨＨＬＨＨＬ　ＬＨＬＨＬ　ＬＬＬＨＨＨＦ　ＬＨＨＬＨＨＬ

旅先で都のいとしい人を想う歌です。音程の上がり下がりを明瞭につけましょう。そして、二句、四句の後にしっかりと息を継いで、末句に美しい抑揚をつけましょう。ただし「鶴鳴き渡る」のくり返しは漁師の民謡を素材にした名残と思われます。付録ＣＤにはその趣の合唱をあわせて収めました。地名「あゆち」は日本書紀に「吾湯市」と書かれていて、平上平の声点のついた例があります。アクセントを考慮して漢字をあてたとすると、単語の「吾」はＬ「湯」はＬ「市」はＬＨですからＬＬＨになりますが、万葉集のあて字「年魚」の「あゆ」はＬＦなので、ＬＨＬでよさそうです。「潟」はＨＬ。「あゆちがた」で一語化すれば「ち」の下がりがなくなってＬＨＨＨＬになります。付録ＣＤの合唱はそのアクセントでうたっています。練習してＬＬＬＨＬ、ＬＨＬＨＬ、ＬＨＨＨＬの divisi も試みてください。「けり」ＨＬの連体形「ける」ＨＨに「らし」ＲＦ（「らし」のアクセントは№８巻一・二八番歌参照）のついた「けらし」は、「る」「ら」の間の上げ下げが均されてＨＨＦになったと推定します。実際に高山寺本類聚名義抄に上上平の声点のついた例があります。

15
妹《いも》も我《あれ》も一つなれかも三河《みかは》なる二見《ふたみ》の道ゆ別れかねつる

（巻三・二七六・高市黒人）

妹母我母　一有加母　三河有　二見自道　別不勝鶴

訳　いとしい妹も私も一つだからだろうか、三河の国の二見の道から別れようにも別れかねたことです。

解説　三河の国の「二見の道」を詠むこの歌も、「高市連黒人羈旅歌八首」（巻三・二七〇～二七七）の一首です。黒人の他の羈旅歌とは作風を異にしており、分岐点と地名「二見」が担うイメージによりながら、旅路での「妹」との別れの切なさを詠んでいます。大宝二（七〇二）年に行われた持統太上天皇の三河行幸に際しての歌のようであり、旅の宴席で歌われたものと思われます。「一つ」「三河」「二見」を二・三・四句に置いて、数字の「一・二・三」を遊戯的に詠みこんでいる点も注目されます。「一本」の歌は、この歌に唱和したものとなっており、男に女が答える形での贈答が成立しています。

ここでの「妹」は、旅先での一夜妻か恋人（遊行女婦《うかれめ》とも）と見られます。旅先でのかりそめの契りの女性を「妹」と表したのでしょうか。「我」は、「われ」「あれ」二つの訓みが可能ですが、「妹」との関係から「あれ」の訓に従います。恋愛的な場での一人称代名詞としては、「あれ」がふさわしいようです（菊沢季生「万葉時代の代名詞」『万葉集大成6言語編』平凡社・一九五五年）。「一つなれかも」は、「一つなればかも」に相当し、一つ（一心同体）だからでしょうかの意味です。「二見の道」の場所については諸説ありますが、「三河なる」や「別れかねつる」の表現内容、さらに古代の道（七道）との関係から、古代東海道と後世の姫街道の分岐点に当たる豊川市御油町追分付近と推定されます（竹尾利夫「二見の道」『東海の万葉歌』おうふう・二〇〇〇年）。地名「二見」には、見る行為や逢瀬のイメージが付き纏い、当地ならではの分岐点が持つ離別のイメージと相俟って、男女の「別れ」の悲しさ・侘しさを増幅させます。「三河なる」は三河にある意です。「なり」は〔niari→nari〕の音韻変化（前母音脱落）により成立した語で、存在を表す動詞です。「ゆ」は、起点や出発点・根源を表す格助詞です。「ゆ」と「よ」は母音交替の関係にあります。なお「ゆ」は「よ」の古形とされていますが、『万葉集』では二語がそれぞれの用法をもって使用されています。「ゆ」は「ゆり」「ゆも」、「よ」は「より」「よ（寄）る」と同根です。一般に「心」には「ゆも」が続き、「心ゆも」（思ふ・思はず）の形で用いられています。「かぬ」は、「思ふ」「忍ぶ」「待つ」「別る」等に下接して、～しようにもできない意を表します。「つる」は助動詞「つ」の連体形で、「かも」と係り結びの関係にあり、意志的な確認を表します。「別れかねつる」は、別れようにも別れられない意味です。

本来黒人が土地の女（妹・遊行女婦《うかれめ》とも）に詠みかけ、一本の歌をもって相手の女も即妙に応じた贈答歌としての体裁をとっていますが、黒人が宴席を盛り上げるべく趣向を凝らしつつ作歌したものとも考えられ、今なお定かではありません。なお「一本」の歌の背後に、三河・二見の地域色豊かな伝承歌を想定し、それを踏まえて三河行幸に供奉した黒人が、宴席での唱和の歌としてこの男歌を作歌したとする見方もあります。

「妹もあれも一つ……」は、現代の恋する男女にとっても共感を得やすい表現といえるでしょう。さしずめ、二人は赤い糸で結ばれている、二人は一つ、とでもなるのでしょうか。三河の国の「二見の道」の歌は、次の答歌と相俟って分岐点が担うイメージゆえに、旅の別れを余儀なくされた男女の切なさの表象に秀でているといえます。

うたう

いもあれも　LHFLHF
ひとつなれかも　LLLHFFF
みかはなる　HHLHH
ふたみのみちゆ　HHHHHH**H**
わかれかねつる　LLFLFHH

CD〔31〕

恋歌です。メロディー豊かにうたいましょう。「ひとつ」はアクセントがLHLになって連用修飾語としてはたらくときがありますが、ここは名詞です。助動詞「なり」は前がHならLF、前がLならHF↓HLになります。「に」Hに「あり」LFがついた語源なので、音さの頂点が移動して名詞との境目を示したのでしょう。ここでは前が両方ともLです。地名「みかは」「ふたみ」のアクセント不明。「ひと」「み」「ふた」の数の言葉遊びとみて、「三」H「川」HL、「二」HH「見」R↓Hを代入しておきます。「かも……つる」の係り結びで上二句と下三句が結びつけられていますので、イントネーション句をうまく構成してうたいましょう。格助詞「ゆ」のアクセントは証拠がありませんが「へ」「に」などと同じくHと推定します。

16

三河の二見《ふたみ》の道ゆ別れなばわが背《せ》も吾《あれ》もひとりかも行かむ

水河乃　二見之自道　別者　吾勢毛吾文　独可文将去

（巻三・二七六・一本歌）

訳　三河の二見の道で別れると、そこから先はわが背の君も私も独り寂しく行くことになるのでしょうか。

解説　巻三・二七六の一本歌で、前の黒人の歌に答えた女歌です。一首としての体をなす歌ですが、歌番号がありません。贈歌（男歌）と答歌（女歌）は、「三河」「二見の道」「別る」「あれ」「一」（ひとり・ひとつ）はもとより、助詞「も」「かも」「ゆ」までを共有しています。また贈歌の「妹も我《あれ》も」「一つなれかも…別れかねつる」を受けて、答歌では「わが背もあれも」「別れなば…ひとりかも行かむ」と応じています。つまり、男歌が「妹も我も一つ」であることを前提にして、「別れかねつる」と意志的に詠むのに対して、女歌は「別れなば」と別れを運命として受け入れつつ、その後の一人の寂しさ侘しさを「ひとりかも行かむ」と表出しています。それぞれの相違は、何よりも「別る」に続く助動詞「つ」と「ぬ」の相違となってあらわれているといえます。

二七六番歌との言葉の共有の仕方や阿吽の唱応、さらには旅の孤愁・悲愁を詠む黒人の歌風に照らすならば、旅の宴席の興を盛り上げようと、黒人があらかじめ用意していた歌とも考えられます。しかし、土地の女性（一夜妻か旅路の妹、ないしは宴席の遊行女婦《うかれめ》）との贈答歌である可能性も否定しきれません。送ってきた女は東へ帰り、黒人は西（尾張）へ向かったとすれば、分岐点での別れはリアリティーを帯びてきます。また大宰大監《だざいのだいげむ》・大伴百代が、都の人らを見送った際の宴席の歌は、途中まで旅行く人に随伴して見送る行為と宴席の場を想定する手がかりになります。

○草枕旅行く君を愛《うるは》しみたぐひてそ来し志賀の浜辺を　（巻四・五六六）

遊戯的な要素があるにしろ、二人の関係を「わが背もあれも」と詠むこの歌は、愛する「背」との別れの悲しさや別離後のひとりの寂しさを、分岐点である「三河の二見の道」に託しつつ表出した哀切な別れの女歌といえるでしょう。

うたう

みかはの　ふたみのみちゆ　わかれなば　わがせもあれも　ひとりかもいかむ　CD〔32〕

HHLL　HHHHHH　LLFHL　LHRFLHF　LHLFFHHH

本歌との贈答としてうたうときは同じ語句の表現やテンポなどを同じにしたり変えたり工夫してください。字足らずの初句は「の」を少し伸ばして第二句に続けましょう。「ひと（一）」はLLですが、接尾辞「とり／たり」のついた「ひとり（一人）」はLHLです。末尾は「かも…む」の係り結びなので表現を工夫してください。

17

田子《たご》の浦ゆうち出《い》でて見れば真白《ましろ》にそ不尽《ふじ》の高嶺《たかね》に雪は降りける　（巻三・三一八・山部赤人）

田兒之浦従　打出而見者　真白衣　不尽能高嶺尓　雪波零家留

訳　田子の浦から眺望のきく所へ出て見ると、真っ白に富士の高嶺に雪が降り積もっていることだ。

解説　広がりのある構図のもと、色彩のコントラストを効かせた真白き富士の景を詠む山部赤人の歌です。赤人は、万葉三期を代表する自然歌人です。「山部宿禰赤人望二不尽山一歌」の題詞を持つ長歌と反歌は、古代東海道を東へと向かい、駿河の薩埵《さった》峠を越えてその先の富士川河口吹上の浜あたりから、青い空を背後に白雪を頂く富士の全容を眼前にしての詠のようです。同様に富士を詠む高橋虫麿は、富士山の霊妙な神性を「霊しくも　います神かも」「鎮めとも　います神かも」（巻三・三一九）と表しています。これに対して赤人は、むしろ富士の姿を展望しつつ凝視しており、〈見れば～そ～ける〉の構文によりながら、真白に雪が降り積もっている景を、彩色際だつ絵画のように表出しています（山崎良幸『万葉歌人の研究』風間書房・一九七二年）。天地開闢以来のスケールをもって「高く貴き」駿河の国の「富士の高嶺」を詠む長歌とともに、この反歌（短歌）は、最古の絵画的表象によるな富士の秀歌として今日に至るまで高く評されています。

○天地《あめつち》の　分れし時ゆ　神《かむ》さびて　高く貴き　駿河《するが》なる　布士《ふじ》の高嶺を　天の原　振り放け見れば　渡る日の
影も隠らひ　照る月の　光も見えず　白雲も　い行きはばかり　時じくそ　雪は降りける　語り継ぎ　言ひ
継ぎ行かむ　不尽の高嶺は　（巻三・三一七）

「田子の浦」は、静岡県由比町・蒲原町一帯の駿河湾北西部の海岸（富士川河口あたり）です。富士は、『万葉集』では「不尽」「不自」「布士」「布自」「布時」と表記されています。「ゆ」は始点・起点を表す助詞で、「よ」とは新旧関係にあるとされていますが、前方へ広がる空間を捉えた場合の始点や根源は「ゆ」で表します。「真《ま》白《しろ》」の「ま」は、不純なものの混じらない真の～を表す接頭語で、色彩語のみならず古代日本語では「ま鴨」「ま事（言）」「ま白髪」「ま旅」のように用いられました。〈見れば～ける〉は、視覚的な気づきとともに眼前の景への感動を表します。

赤人の作歌年代は、聖武天皇の神亀元（七二四）年から天平八（七三六）年にかけての十三年ほどです。『万葉集』には長歌十三首・短歌三七首が収められていますが、それらは行幸従駕歌や東国への旅の歌等です。歌聖・人麿とともに「山柿の門」と並び称され、スケールを伴う全景とともに焦点化された対象（点景）を的確・鮮明に描出する叙景歌を数多く残しました。『古今集』の「仮名序」は、「山の辺の赤人と言ふ人有りけり。歌に奇《あや》しく、妙《たへ》なりけり。人麿は赤人が上《かみ》に立たむ事難く、赤人は人麿が下《しも》に立たむ事難くなむありける」と称えています。十三世紀に成立した『小倉百人一首』（藤原定家）では、『万葉集』での「ゆ」「真白にそ」「ける」は、「に」「白妙の」「つつ」となっており、時代とともに変容する歌の表現と受容の一端がうかがわれます。

○田子の浦にうち出でて見れば白妙の富士の高嶺に雪は降りつつ　（小倉百人一首・四・山部赤人）

うたう

CD〔17〕

たご**ご**のうらゆ　うちいでてみれば　まし**ろ**にそ　ふじのたかねに　ゆきはふりける
LLLLLH　LFLFFLFL　HLLHF　LLLLLHH　HLHLFHH

地名「田子」「富士」は古今集声点本など比較的古い資料があります（格助詞「ゆ」は№15巻三・二七六番歌参照）。「けり」は日本書紀声点本でも類聚名義抄でも上平です。「き（来）」Rに「あり」LFがついて、FF↓HF↓HLとなったのでしょう。上二句がいずれも字余りです。初句は「う」を短めに。第二句は「いで」の「い」を短く。前も後もFですから「ち」と「で」の間に音程の谷をつくって「で」の前の小さな「ん」のようにすればよいでしょう。「い」と「ん」は口構えが近いので実際の発音でも交替することがよくあります。第二句は上げ下げをくり返します。練習してゆったりとうたってください。その条件句をうけて、下三句が「そ…ける」の係り結びになっています。うまくうたいあげて「見れば、真白に！」の感動を声に。

18

この世にし楽しくあらば来《こ》む世には虫に鳥にも我はなりなむ

（巻三・三四八・大伴旅人）

今代尓之　楽有者　来生者　虫尓鳥尓毛　吾羽成奈武

訳　この世で楽しく酒を飲みながら過ごすのであれば、来世では虫にでも鳥にでも私はなりましょう。

解説　現世での酒を飲む楽しさを求めて、来世では虫や鳥への転身をもよしとする大伴旅人の歌です。仏教の「飲酒戒《おんじゆかい》」を破る没我的で悦楽・享楽的なこの歌は、「大宰帥大伴卿讃レ酒歌十三首」の一首です。旅人は万葉第三期を代表する歌人で、家持の父でもあります。神亀四（七二七）年に六三歳で大宰府の帥《そち》となり、豊かな漢籍の知識や儒教・仏教・神仙思想を背後に斬新な歌を詠み、当時筑前守であった山上憶良らとともに筑紫歌壇を形成しました。天平二（七三〇）年に大納言となって帰京ののち、翌七三一年七月に六七歳で薨去しました。「秋七月辛未、大納言従二位大伴宿禰旅人薨」（続日本紀・天平三年）。生彩を放っているのは筑紫時代の歌であり、長歌一首・短歌七五首が伝わっています。旅人は大宰府赴任後同伴した妻を亡くし、また藤原氏台頭に伴って大伴一族は政界での衰退を余儀なくされました。この歌は、そのような時期に詠まれた歌のようです。

古代の酒は、一般的に糟をこさない白く濁った「濁酒」でした。『類聚名義抄』は「醪」に「ニゴリサケ」（僧下）の訓を付しますが、讃酒歌では「濁酒」を「ニゴレル酒」と訓んでいます。また、「濁酒」の濃いものは「カタ酒」（難酒・醇酒）とも称されました。古代中国の「濁酒一盃、弾琴一曲、志願畢」（文選・四三・晋）等に倣って、日本でも琴を弾じつつ濁酒を交わしたようです。一方、糟をこした「清酒」は、「スミ酒」といわれました。「酒」や「スミ酒」「カタ酒」「造酒司」等に関する木簡も多数出土しており、古代の酒や酒造のありようがうかがわれます。「須弥酒」（飛鳥宮址出土木簡）、「清酒中」「難酒志紀郡」「造酒司符」等（平城宮跡出土木簡）。「四時祭式上」には、「清酒五升、濁酒六斗五升」（延喜式・大神社一座）とあり、「シロキ」「クロキ」の訓みも見られます。

「讃酒歌」には、禁酒令の布かれた魏の時代に「濁酒」や「白酒」を「賢人」「賢者」、「清酒」を「聖人」と言った事実（魏志巻二七、芸文類聚・巻七二・酒）を踏まえた歌も見られ、「酔泣《ゑひなき》」をよしとしつつ「賢しみとものいふ」ことを排斥し、「賢しら」を罵倒・嘲罵する歌も収められています。あたかも、旅人を筑紫へと向かわせ、日々政治的な陰謀をめぐらす人々を罵倒するかのように。

○験《しるし》なき物を思はずは一杯《ひとつき》の濁れる酒を飲むべくあるらし（巻三・三三八）
○酒の名を聖《ひじり》と負《おほ》せし古《いにしへ》の大き聖の言《こと》のよろしさ（巻三・三三九）
○あな醜《みにく》賢しらをすと酒飲まぬ人をよく見れば猿にかも似る（巻三・三四四）
○世の中の遊びの道にすずしくは酔泣《ゑひなき》するにあるべかるらし（巻三・三四七）
○生ける者遂にも死ぬるものにあればこの世なる間《ま》は楽しくをあらな（巻三・三四九）

この歌では「今代《このよ》」と「来生《こむよ》」が対をなしており、「この世」は来世に対する現世の意です。「現世《このよ》には人言繁し来生《こむよ》にも逢はむわが背子今ならずとも」（巻四・五四一・高田女王）。「し」は強意。「なむ」は、助動詞「ぬ」の未然形に助動詞「む」が接続して、変化や推移を必然的なものとして受け入れながら、きっと〜だろう・でしょうの意を表します。「虫に鳥にも」は「虫にも鳥にも」の助詞「も」が、音数の制約により省略された形。虫にも鳥にもなりましょうの意味です。前の歌で「酔泣き」を賞美したのを受けて、来世に鳥虫になるのも受け入れようとする没我的境地を詠み、次いで「生者必滅」観に則って、現生享楽的に「この世なる間《ま》は楽しくをあらな」と詠じます。「薩遮尼乾子偈云、飲酒多二放逸一、現世常愚癡、忘二失一切事一、常被二智者呵一、来世常闇鈍、多失二諸功徳一云々などある意にてもあるべし」（『攷証』）。ただし、この歌と次に位置する歌には、他の十一首に見られる「酒」や「飲む」「酔ふ」の語が使用されておらず、形容詞「楽し」を用いて「この世」に求める悦楽の心を表しています。「楽し」の「たの」は、「たの（頼）む」「たの（頼）もし」と同根で、本来は頼むべきものがある場合の充足感や満足感を表しました。

ところで、『古事記』や『日本書紀』の歌謡にも、舞いつつ「あやに　うた楽し」と歌った酒宴歌（主人側の勧酒歌・客の側の謝酒歌）が見られます。この「酒楽歌《さかくらのうた》」（さかほかひのうた）は、正月の踏歌の節会「十六日節、酒坐歌二」として『琴歌譜《きんかふ》』にも収められています。次の歌は勧酒歌を受けた謝酒歌です。

○この御酒《みき》を　醸《か》みけむ人は　その鼓　臼に立てて　歌ひつつ　醸みけれかも　舞ひつつ　醸みけれかも　この御酒の　御酒の　あやにうた楽し　ささ　（古事記・四〇番歌謡）

旅人は、神に捧げた日本古来の儀礼的な「酒楽歌」をベースに、漢籍や仏典の思想を汲み入れつつ知性に目覚め憂いを知った個人の「讃酒歌」を生み出したのです。人間の弱さを凝視し諧謔性をも加味した讃酒・酒楽観を、やまと歌によって詠じた初めての歌人といえるでしょう。

うたう　このよにし　た**の**しくあらば　こむよには　むしにとりにも　われはなりなむ　CD〔35〕

HHHHF　LLHLLHL　RHHHH　HHHHHHF　LHHLFHF

「楽しく」の「の」は甲類です。唇を丸めて「を」の要領で母音を発音します。「あらば」の後にしっかり息を継いで、「こむよ」からうたいあげて行きましょう。「虫に鳥に」は「虫にも鳥にも」の意で並列なので「虫に」の「に」をやや長く発音します。その後に少し息を継ぐとよいでしょう。

19

銀《しろかね》も金《くがね》も玉《たま》も何《なに》せむに勝《まさ》れる宝《たから》子に及《し》かめやも

銀母　金母玉母　奈尓世武尓　麻佐礼留多可良　古尓斯迦米夜母

（巻五・八〇三・山上憶良）

訳　銀も金も珠玉も何になるだろうか、どのような宝も勝宝であるわが子に及ぶだろうか（及びはしない）。

解説　わが子の無上の貴さやいとおしさを、七宝の「銀」「金」「玉」と対比しながら詠んだ山上憶良の歌です。題詞には「思㆓子等㆒歌」とあり、釈迦如来の「金口《こんく》」を引きつつわが子への愛を説く序文と長歌に続いて、この歌が収められています。憶良は、旅人とともに筑紫歌壇を担い、個人の内面の表出や幻想的・物語的表現に秀でた旅人に対して、社会派・思想派の硬派歌人として互いに琢磨しつつ新たな作歌をめざしました。憶良は七〇歳前、旅人も六〇歳を越えてからの創造的作歌のはじまりであり、ともに古代中国の思想や文学をベースに、従来にはない題材や素材を求めて独創的な歌を詠じたといえます。「沈痾自哀文」によると、憶良は六六〇年に生まれたようです。大宝元（七〇一）年に遣唐少録として中国に渡り（四二歳）、帰国後七二一年には漢籍の博識をもって首皇子《おびとのみこ》（後の聖武天皇）東宮侍講、七二六年に六七歳で筑前守となりました。大宰帥《だざいのそち》・大伴旅人との文学的交流は、この時期に培われ、帰京後七三三年の頃に七四歳で没します。

この歌は、『金光明最勝王経』等の仏典に通じる「愛無㆑過㆑子」「有㆓愛㆑子之心㆒」（序）の思想をやまと歌で巧みに表出しており、漢文による序の末文「誰不㆑愛㆑子乎」を受けて次の長歌が続きます。

〇瓜《うり》食《は》めば　子ども思ほゆ　栗食めば　まして偲はゆ　いづくより　来《きた》りしものそ　まなかひに　もとなかかりて　安眠《やすい》しなさぬ

（巻五・八〇二・山上憶良）

「銀」「金」「玉」は七宝を代表する宝で、仏典では仏土を荘厳《しょうごん》します。七宝は経典により異なりますが、『法華経』では金・銀・瑠璃《るり》・硨磲《しゃこ》・瑪瑙《めのう》・真珠・玫瑰《まいかい》。『無量寿経』では、真珠・玫瑰を除き、玻璃・珊瑚を入れます。長歌では「瓜」「栗」のような日常の食材と「食《は》む」行為を基にわが子への愛を詠み、反歌では対照的に「金」「銀」等の非日常的素材をもって至上の愛を詠じています（『新大系』）。「何せむに」は、「何す＋助動詞「む」＋に（助動詞「なり」の連用形）で、「何せむ」がそこで切れるのに対して、必ず帰結を要求して下にかかります。すなわち、何としようか、何になるだろうか（何にもならないではないか）の意味で下にかかります（『大系』『万葉歌人の研究』）。

○恋死なむそれも同じぞ何せむに人目人言こちたみわがせむ　（巻四・七四八・大伴家持）

○世の人の　貴び願ふ　七種《ななくさ》の　宝も我は　何せむに　わが中の　生まれ出でたる　白玉の　わが子古日は
……　（巻五・九〇四・山上憶良）

「勝れる宝」は漢語「勝宝」の翻訳語です。憶良は幼くして亡くなった「男子《をのこ》名は古日を恋ふる歌」（巻五・九〇四）でも「七宝」を和語として「七種《ななくさ》の宝」と表しています。「まさる」は、一般に「に」「ゆ」「よ」「より」等によって比較対象を明示し、何かと比較しつつ上位・優位にあることを表します。ここでは「金・銀・玉」等の宝石とわが子を比較し、その上でわが子を至宝の存在「勝れる宝」と据え直しています。「子にしかめやも」は反語で、わが子に及ぶだろうか（いや及びはしない）の意味です。

うたう　　CD〔41〕

し**ろ**かねも　くがねもたまも　なにせむに　まされるたから　**こ**にしかめやも
LLHHF　HLLFLLF　LHHFH　HHLHLLL　HHHHFFF

付録CDでは高年齢者が発音した趣旨で子音を変えてうたっています。「白」のロと「子」のコは甲類です。唇のまるめを明瞭にしましょう。「しく」のアクセントはHL。現代の京都方言ではLFになっていますが、高起式と低起式が交替したのでしょう。その未然形ＨＨです。初句から末句まで意味の切れ目がありません。「子に」にむかってうたいあげましょう。

20

正月《むつき》立ち春の来《きた》らば斯《か》くしこそ梅を招《を》きつつ楽しき終《を》へめ

武都紀多知　波流能吉多良婆　可久斯許曾　烏梅乎乎岐都、　多努之岐乎倍米

（巻五・八一五・紀大弐）

訳　正月になり春が訪れたならば、このようにして梅の花を招き寄せつつ楽しき宴の極みを尽くしましょう。

解説　天平二（七三〇）年正月十三日に大宰帥・大伴旅人が主宰した「梅花歌卅二首」（八一五〜八四六）の巻頭の歌です。王羲之の「蘭亭序」を踏まえた旅人の序文に続いて、三二首の梅の歌が続きますが、これは開宴に当たって、当時大宰大弐であった紀男人が、主賓（首席次官）の立場から詠じた祝意のこもる挨拶の歌といえます。八首前後を一群とする四部構成の三二首からなるこれらの歌は、大伴旅人を主人として賓客らの風雅のたしなみをもって成立した、梅の宴での歌による交響曲の試みであったともいえます。身分に従って宴席の座に着き、連歌形式で次々と詠唱していったのでしょう。まず主賓・紀男人は、この歌で正月の梅の精を招きます。そののち、少弐小野老や筑前守山上憶良らが咲く梅を詠み、やがて散る梅へと推移します。青柳・雪・鶯・霞等の初春の景物と梅を取り合わせた歌を、各人とも事前に用意していたものと思われます。これ以前に日本には「梅」を素材とする歌はなく、『懐風藻』等の漢詩世界に止まっていたテーマが、旅人の指揮のもとでこの時はじめて三二首のやまと歌として結実したのです。もちろんこの時代には、大陸由来の梅（当該は白梅、紅梅は平安時代より）そのものが、一部の貴族層に珍重された中国趣味のみやびな花であったことも事実です。

旅人は、七人の賓客の次に主人として、散る梅に天より流れ来る雪のイメージを投影しつつ幻想的な歌を詠みました。これは『懐風藻』所収の五言句後半「梅雪乱㆓残岸㆒　煙霞接㆓早春㆒」（四四・初春侍宴）とも無関係では

ありません。また、「梅花歌」を受けて大伴家持は、二十年後の天平勝宝二（七五〇）年三月二七日に「追和㆓筑紫大宰之時春苑梅花㆒歌一首」（題詞）を「興に依りて」（左注）詠んでいます。

○わが園に梅の花散るひさかたの天《あめ》より雪の流れ来るかも　（巻五・八二二・主人）

○春のうちの楽しき終へは梅の花手折《たを》り招《を》きつつ遊ぶにあるべし　（巻十九・四一七四・家持）

「正月立ち」は立春を意識した表現です。天平二年正月十三日は、太陽暦では二月八日に当たり立春を過ぎていました。「春の来たらば」は祝意をこめた仮定形で、主人に対する祝の言葉です。「梅を招きつつ」は梅の精を招き寄せることを表します。「梅」の表記はおおむね「烏梅」ですが、主人である旅人は「宇米」と記しており、大弐と五位の国司らからなる一群（八名）の結びとします。次いで大宰府の官人大監以下国司らが続き、算師の「汙米」をもって第二・三群を結んでいます。それぞれの歌の表記は、この歌会の記録者により整理されたのでしょうが、「ウメ」表記の相違は、歌人の身分によって配置された歌群のまとまりを示す指標になっているようです（『新大系』）。「楽しき終へめ」は、歓を尽くそうの意で、漢語「尽歓」に基づく表現ともいわれています。酒宴の楽しみを極めることを、詩文では常套的に「尽歓」と表現しました。「酎飲シテ既ニ尽クス㆑歓ヲ」（文選三三・戦国・宋玉「招魂」）。古代日本語の「楽し」は、宴の場での使用が最も多く、酒宴・祝賀と無関係ではありません。『琴歌譜』にも「新《あら》たしき年の始めにかくしこそ千歳をかねて楽しき終へめ」とあり、この歌が古代の儀礼的な新春歌を基にした梅花の宴用の改作・変奏曲であったことを想像させます。とりわけ、これより十二年後の天平十四年正月十六日節の「六位以下人等鼓㆑琴、歌曰、新年始迩《あらたしきとしのはじめに》、何久志社《かくしこそ》供奉良米《つかへまつらめ》、万代摩提丹《よろづよまでに》」（続日本紀・聖武天皇）は、祝意のこもるこの歌の背景や儀礼的要素を知る手がかりになります。

うたう

むつきたち　はるのきたらば　かくしこそ　うめををきつつ　たのしきをへめ

HHLLF　LFHRHHL　HLFHF　HHHHLFF　LLLFHHH

CD〔19〕

高らかにうたいあげましょう。付録CDは高年齢者が発音した趣旨で子音を変えています。「むつき」のアクセント不明。語源「（う）む（生）」Hと「つき」HLからHHLと推定します。現代の京都方言ではHLL。一般にHHLはHLLに変化しやすい形です。また、和歌の語彙集である袖中抄（院政・鎌倉期）では高起式平板型に調整されたHHHの形になっています。助詞「つつ」のアクセント不明。助動詞「つ」のくり返しを代入しておきます。「…こそ」「終へめ！」の係り結びをうまく表現してください。末句は「楽しきを経め」と解釈する説を採ればアクセントがLLLFHRHです。その場合は「経」の頭の上昇をうまく生かしましょう。

◎コラム――

漢詩と和歌 ―定型詩のリズム―

矢田 博士

漢詩の大半は、一句が「五字からなる五言詩」と「七字からなる七言詩」とによって占められています。なぜでしょうか。その答えは、五言と七言のリズムに求められます。漢字は「一字＝一音節」という特徴をもち、「一音節（一字）＝一拍子」の拍節リズムを形成します。よって、五言句は「白髪《はくはつ》／三千《さんぜん》／丈《じょう》×」という三拍子の奇数リズムを、七言句は「葡萄《ぶーどう》／美酒《びーしゅ》／夜光《やーこう》／杯《はい》×」という四拍子の偶数リズムを作ります。しかも、ともに句末に一字分の「休音＝リズム的真空（×印）」があり、それが「句末の弾み」（流動感・歯切れのよさ・余韻効果）を生み出します。逆に、句末に休音のない四言や六言では、こうした効果が期待できないため、平板で単調なリズムに陥りやすくなります。漢詩において、四言や六言が主流の座を五言と七言に明け渡さざるをえなかった要因として、こうした句末における一字分の「休音の有無」という点が、まずは考えられます。

さらに、五言句は「白髪／三千丈」（上二字／下三字）と、七言句は「葡萄美酒／夜光杯」（上四字／下三字）といった具合に、それぞれ詩句が上半身と下半身とに二分されます。これにより、五言では「上が軽くて下が重い」安定感のある重厚なリズムが、七言では「上が重くて下が軽い」、まるで前のめりになって転がり進むかのような軽快なリズムが生まれます。このように五言と七言とは、「三拍子（奇数拍）」対「四拍子（偶数拍）」という点のみならず、「上軽下重の重厚なリズム」対「上重下軽の軽快なリズム」といった点においても、相補的な関係にあることが確認されます。そして、両者のこの相補性こそが、実に漢詩の詩形面における両者の地位を、より確固たるものにしているのです。

漢詩の「五言」と「七言」に見られるこのような関係性は、和歌における「五七調」（上軽下重の重厚なリズム）と「七五調」（上重下軽の軽快なリズム）の両者の関係性を考えるうえでも、大きな示唆を与えてくれるのではないでしょうか。

《参考文献》松浦友久著『リズムの美学―日中詩歌論』（明治書院、一九九一年）

21

石走《いはばし》る垂水《たるみ》の上のさ蕨《わらび》の萌《も》え出《い》づる春になりにけるかも

（巻八・一四一八・志貴皇子）

石激　垂見之上乃　左和良妣乃　毛要出春尓　成来鴨

訳　（石走る）岩の上をほとばしり流れる垂水（聖なる滝）の上のさ蕨が、萌え出る春になったことです（わが人生にも漸く春が来たことです）。

解説　いち早く春の訪れに気づいた感動を詠む志貴皇子の「懽御歌」で、四季分類の巻八「春雑歌」の巻頭歌です。しかし、題詩の「懽」をめぐっては、どのような「懽」であるのか、また早春の実景としては成り立ち難い表現内容をどのように理解すればよいのか等、古来疑問が尽きない歌でもあります。「何のよろこびか不明。増封あるいは位階昇進の時の作とも、宴飲の際の歌とも」（『大系』）。「さ蕨」「蕨」は『万葉集』に当該の一例のみですが、「正倉院文書」には食用として記されています。実際に「さ蕨」の芽吹きは、早春よりもあとの三～四月頃であったようです（関根真隆『奈良朝食生活の研究』吉川弘文館・一九六九年）。

志貴皇子は天智天皇の第七皇子で、自然観照以前の古代的な心象風景を詠む短歌六首を収めています。『万葉集』には霊亀元（七一五）年九月の挽歌がありますが（巻二・二三〇・笠金村）、『続日本紀』は七一六年八月没とします。「甲寅、二品志貴親王薨…天智天皇第七之皇子也」（元正天皇・霊亀二年）。天武天皇系の親王政治期間は重用されることもなく、その後七七〇年十月に御子の白壁王が即位し光仁天皇となったことで、春日宮御宇天皇と追尊、墓所にちなんで田原天皇とも称されました。

「石走《いはばし》る」は滝・垂水等にかかる枕詞ですが、躍動感を伴う「垂水」の作用をも具象化します。「走る」は、勢いよく内から外へ飛び出る動作を表し、「走り井」「走り火」「走り出」等にその原義が息づいています。「垂水」は高い崖から落ちる水・瀑布です。古代日本人にとってそれは聖水・霊水であり、命の再生・蘇生を願いつつ「結びて飲み」ました。

○命をし幸《さき》くよけむと石走る垂水の水をむすびて飲みつ　（巻七・一一四二）

「垂水の上のさ蕨」は、一般に垂水のほとり（そば）のさ蕨の意とされていますが、実際には「上」「下」の空間把握によって「垂水」の上方を捉えた表現です。「春になりにけるかも」は、春の訪れに気づいてそれへの詠嘆をこめて表したもの。「に」は助動詞「ぬ」の連用形で、自然の推移の確認、助動詞「けり」は、視覚の「めり」聴覚の「なり」に対して、感覚的に捉えた判断や事柄への気づきを表します。終助詞「かも」は「か」と「も」からなり、問いつつそれにまつわる思いを含み表しますので、詠嘆は余韻・余情としての表現効果といえます。ここでは、冬枯れのなかでいち早く芽吹く生命に気づいた感動の表現としての理解が求められます。

○うちのぼる佐保の川原の青柳は今は春べとなりにけるかも　（巻八・一四三三・坂上郎女）

しかし、「垂水の上のさ蕨」が萌え出るのは一般に仲春以降、少なくとも初春ではないとすれば、この歌の真意はどこにあるのでしょうか。題詩の「懽」も、単に春の訪れを喜ぶ意の文字としてはそぐわないようです。「懽 ヨロコフ」（類聚名義抄・法中八九）。「水流れ草もえて万物の時をうるを悦び給へる御歌なるべし」（『拾穂抄』）。「此御歌いかなる御懽有りてよませ給ふとはしらねど、若帝より此處を封戸に加へ賜はりて悦せ給へる歟」（『代匠記』）、志貴皇子は天智天皇の第七皇子でありますが、壬申の乱後は草壁皇子ら六皇子と「吉野の盟約」（天武天皇八年）にも加わります。その後も天武系の政治機構に身を置きながら、有間皇子の絞首（六五八年）や大津皇子自害（六八六年）等、悲運の皇子たちの轍を踏まないことを念じつつ身を潜めて生きたことでしょう。この歌は四〇代半ばの作のようで、来し方の政権争奪や政界の動向をも見据えて、わが人生の春の「懽」をそこに投影したとすればどうでしょうか。相前後して詠まれた「むささび」の歌も、社会的・政治的な寓意がこもると説かれており示唆的です（山崎良幸『万葉集の表現の研究』風間書房・一九八六年）。

○むささびは木末《こぬれ》求むとあしひきの山の猟夫《さつを》にあひにけるかも　（巻三・二六七・志貴皇子）

「垂水の上のさ蕨の萌え出づる」春の景は、実景描写ではなく、新たな命の蘇りへの歓喜をみずみずしい躍動感を伴って表出すための心象風景であり、この歌にはようやく廻ってきたわが人生の春への「懽」も投影されていると考えられます。平安時代には、この歌が早春の景を詠む歌として受容されました。そのため「垂水」は「いはそそく垂氷」ともなり（古今和歌六帖「むつき」・和漢朗詠集「早春」）、「さ蕨」は早春の素材となって『源氏物語』の「椎本」「早蕨」の巻にも影響を及ぼしました。

うたう　　CD〔20〕

いはばしる　たるみのうへの　さわらびの　もえいづるはるに　なりにけるかも
HLLLH　LHHHHLL　**HHHHH**　LFLLHLFH　LFHHHFF

付録CDは春の訪れを寿ぐ趣で合唱しています。「早蕨」のアクセント不明。「わらび」はLLLですが、接頭辞「さ」は高起式平板型の語をつくるはたらきがあったようです。日本書紀声点本の「さ霧」HHHは「きり」もHHですが、観智院本類聚名義抄に「早苗」HH×の例があり「なへ」はLLあるいはLHです。「もえ」はヤ行なので moe でなく moye のように。第四句は字余りです。「い」を上手に短くしてください。「づ」の前の小さな「ん」のようにしてもよいでしょう。

22

時雨《しぐれ》の雨間《ま》なくな降りそ紅《くれなゐ》ににほへる山の散らまく惜《を》しも

（巻八・一五九四）

思具礼能雨　無間莫零　紅尓　丹保敝流山之　落巻惜毛

訳　時雨の雨よ、絶え間なく降らないでおくれ。紅に色づいた美しい山のもみじが散るのは惜しいから。

解説　「仏前唱歌」の題詞を伴って、巻八の「秋雑歌」に収められた作者未詳の歌です。左注には「冬十月」とありますが、「紅ににほへる」山の紅葉を詠んでいるためか、「秋雑歌」に入ったものと思われます。「仏前唱歌」は、法会の音楽に合わせて歌う唱歌のことで、この歌は天平十一（七三九）年冬十月に行われた維摩講において実際に歌われたもののようです。左注には、光明皇后宮の維摩講の最終日に、唐や高麗など各国種々の音楽を演奏して供養し、この歌を唱ったことが記されています。「右冬十月、皇后宮之維摩講終日、供㆓養大唐高麗等種々音楽㆒、尓乃唱㆓此歌詞㆒」。また、「弾ㇾ琴者市原王、忍坂王」「歌子者、田口朝臣家守、河辺朝臣東人、置始連長谷等十数人也」とあることから、琴は二人で弾奏し、また歌い手は十数人いたことがわかります。光明子は不比等の娘で、聖武天皇の皇后、孝謙天皇の母でもあります。十六歳で皇太子妃となり、天平元（七二九）年長屋王変後、臣下としてはじめて皇后になりました。「戊辰、詔立㆓正三位藤原夫人㆒為㆓皇后㆒」（続日本紀・聖武天皇・天平元年八月）。立后を機に藤原氏は、一層政治勢力を強化・拡充することになります。七五六年五月聖武天皇崩御後、七五八年には皇太后となり、七六〇年に六〇歳で逝去しました。

『万葉集』に「時雨」は三六例、うち「時雨の雨」は一五例認められます。「間なく」は絶え間なくの意です。一般に「時雨の雨」は、「間なく降る」ものとして紅葉とともに詠まれています。「間なくな降りそ」は、禁止を表す〈な～そ〉の構文からなり、絶え間なく降るなの意です。「くれなゐ」は「くれ（呉）のあゐ（藍）」の約で〔kurenöawi → kurenawi〕、鮮明な赤を表します。紅花を染料にしたので紅花の異名ともなりました。「にほへる山」は、紅葉した山のはなやかな美しさを捉えた表現です。「山の散る」は、「山」を主語として「咲く」「黄葉す」等と同様の思考に基づく主述の構文からなる表現です。「散らまく」は「散らむ」のク語法で、散ることの意です。「惜し」は、そのものの価値や存在が失われることへの愛惜の心を表します。終助詞「も」は含蓄のこもる詠嘆の表現で、もみじが散ることを愛惜する心に深い思いをこめる機能を果たしています。

○時雨の雨間なくし降れば三笠山木末《こぬれ》あまねく色づきにけり　（巻八・一五五三・大伴稲公）

○時雨の雨間なくし降れば真木の葉も争ひかねて色づきにけり　（巻十・二一九六）

○さ夜更けて時雨な降りそ秋萩の本葉《もとは》の黄葉《もみち》散らまく惜しも　（巻十・二二一五）

左注の「皇后宮」は皇后・光明子の宮のことで、亡父藤原不比等の旧宅ないしは光明皇后を表します。「維摩講」は維摩詰経（維摩経）を講ずる法会で、藤原鎌足が始めたのち三〇年間途絶えましたが、再び不比等が興しました。天平五（七三三）年以降、毎年十月十日より十六日まで興福寺（山階寺）で行われました。「内臣鎌子於二山階陶原家一、（在二山城国宇治郡一）、始立二精舎一乃設二斎会一、是則維摩会始也」（扶桑略記・斉明天皇三年）。「凡興福寺維摩会十月十日始、十六日終。其聴衆九月中旬僧綱簡定。先経二藤原氏長者一定之」（延喜式・玄番寮）。『続日本紀』には「山階寺（興福寺）に有る維摩会は、是れ内大臣（鎌足）の起せるなり。願主化を垂れてより三十年の間に、人の紹《つ》ぎ興すこと無くして、この会中廃《なかごろや》みぬ。藤原朝廷（文武朝）に至りて、胤子太政大臣（不比等）、構堂の墜ちむとするを傷み、為山の成らぬを歎く。更に弘誓《ぐぜい》を発して追ひて先行を継ぐ。年毎の冬十月十日に、始めて勝莚を闢《ひら》き、内大臣の忌辰《いみのとき》（鎌足の命日・十月十六日）に至りて、講を為すことを終へ了《をは》る」と記されています（孝謙天皇・天平宝字元年）。この年の十月十六日は、鎌足七〇回忌に当り、ここはその供養のための「皇后宮」の「維摩講」と解されます。「皇后宮」は場所か人物いずれかに相当すると解され、通説に従えば藤原不比等の旧宅（のちの法華寺）。しかし、鎌足創始の維摩会が当時興福寺で行われていたことから察すれば、「皇后宮」は光明皇后を表し、「維摩講」はその創始者鎌足の七〇回忌の供養をこめた興福寺での「維摩講」と把握されます。維摩講の初日と最終日には楽人による演奏が行われたようです。「凡正月最勝王経会始終日、官人率二楽人等一、左右相分供奉」（延喜式・雅楽寮）。したがって、「終日」は一日中の意ではなく、最終日を表します（『新全集』）。「弾琴《ことひき》」は琴の弾き手、「歌子《うたびと》」は歌い手。左注はその人々の実名を記しています。市原王《いちはらおほきみ》と河辺朝臣東人《かはへのあそみあづまと》・置始連長谷《おきそめのむらじはつせ》は、『万葉集』の題詞や歌にも名前が見られますが、多くは伝未詳の人物です。

維摩講の最終日には、時雨が絶え間なく降り続いたのでしょう。鎌足を偲びつつ追善の思いをこめて、十数人の「歌子《うたびと》」は琴の弾奏とともにこの歌を合唱したのです。その声は、色あざやかな山の紅葉を散らす初冬の時雨の音ともしめやかに響き合ったものと思われます。

うたう　　CD〔6〕

しぐれのあめ　まなくなふりそ　くれなゐに　にほへるやまの　ちらまくをしも
ＬＨＬＬＬＦ　Ｈ**ＲＬＲ**ＬＦＦ　ＨＨＬＬＨ　ＬＬＬＨＬＬＨ　ＨＨＨＨＨＬＦＦ

叙景歌ですが人を偲ぶ歌として解釈できます。付録ＣＤはその趣で合唱しています。冒頭の「し」の母音イをはっきりと発音しましょう。現代の多くの方言では母音が無声化して長い子音になりがちです。「無し」の連用形「なく」の語アクセントをＲＬで示しましたが、ＬＨＬが二拍に縮まった抑揚です。類聚名義抄に「無」「无」を「なくも」と訓よみした例があり「なく」に去平（ＲＬ）の声点がついています。「ま」の後で一度下げて、「な」の頭に上がり目をつくってください。「長し」ＬＬＦなどの連用形がＬＨＬになるように、連用修飾する語のアクセントは語中に音程の上がって下がるところがありました。禁止を導く副詞「な」のアクセント不明。

「無し」の語幹と同源と見ます。それで構文と音形が〈R～F〉で整合します。

和歌は和琴の伴奏でうたったようです。古事記、日本書紀に書かれているように、天皇が神意をたずねるとき和琴を弾きながらうたいました。座談（39頁）に掲げた着飾った男性が膝の上で琴を弾いている埴輪は、その様子をあらわしたものかと言われます。万葉集にも和琴を弾いて霊と交流する趣旨の歌があります。左注に川原寺の仏堂の中の和琴の面に書いてあったとある歌も収められています。この一首も、その伝統をふまえてうたわれたかもしれません。

23

天《あま》の原《はら》振《ふ》り放《さ》け見れば天《あま》の川霧立ち渡る君は来《き》ぬらし

（巻十・二〇六八）

天原　振放見者　天漢　霧立渡　公者来良志

訳　大空をふり仰いで見ると、天の川に霧が立ち渡っています。あの方（牽牛）は来られたらしい。

解説　巻十の「秋雑歌」所収の「七夕」歌九八首（一九九六〜二〇九三）のうちの一首です。「七夕」は本来、牽牛星・わし座のアルタイルと織女星・こと座のベガを祭る行事で、七月七日夜に一度だけ逢えるという伝説を背後にしています。実際に七夕の夜二つの星は、天空で輝き最もよく見えます。この歌の作者は未詳ですが、霧が立ち渡る様子から牽牛の訪れを察して詠んだ織女の歌としての体をなしています。『万葉集』には星の歌は極めて少なく、持統天皇・柿本人麿・山上憶良の挽歌に四首ほどであるのに対して、七夕歌は一三二首ほど見られます。日や月に比して星への関心が低い一方で、古代日本人の七夕への関心の高さがうかがわれます。万葉三期以降は、宮廷や貴族の間で七夕の行事が一般化し、七月七日夜には宴が開かれ作詩や作歌がなされたようです。技能の上達を願う「乞巧奠《きっこうでん》」の行事も宮廷に入りましたが、普及し定着するのは平安時代以降になります。

　古代中国に由来する七夕伝説は、とりわけ妻問い婚の風習から、日本的な変容を遂げつつ生活に根差した独自の七夕伝説を創り出しました。七夕の夜の詠作もまた中国に倣ったものですが、舒明朝から天武朝にかけての星への関心の高まりとも相俟って、漢詩・和歌による創作を促しました。七月七日の夜に、牽牛と織女が一年に一度天の川を渡って逢う伝説を背後にする七夕歌は、巻十「秋雑歌」の作者未詳歌や人麿歌集の他、山上憶良や大伴家持ら万葉二期から四期にかけての歌に見られます（巻八・九・十・十五・十七・十八・十九・二〇）。中国では鵲《かささぎ》が、天の川に架けた翼の橋を玉衣を纏った美しい女性が「仙車」「鳳駕」等の格調高き車で渡るのに対して、日本では牽牛が織女のもとへ夜舟を漕いで渡ります（一部に徒歩も）。『懐風藻』には、中国的な発想の七夕漢詩も収められていますが、『万葉集』では織女が渡る歌は、一三〇首を越える七夕歌のなかの二首に過ぎません（大久保正『万葉集の諸相』明治書院・一九八〇年）。

○天漢《あまのがは》棚橋渡せ織女《たなばた》のい渡らさむに棚橋渡せ　（巻十・二〇八一）

○織女《たなばた》し舟乗《ふなの》りすらしまそ鏡清《きよ》き月夜に雲立ち渡る　（巻十七・三九〇〇・大伴家持）

○金漢星楡冷　銀河月桂秋　霊姿理二雲鬢一　仙駕度二潢流一　窈窕鳴二玉衣一…所悲明日夜　誰慰二別離憂一

（懐風藻・五三・山田三方）

「天の原」は、「海原」「国原」と同様に広大な大空を捉えた表現です。「振り放け見れば」は、大空を振り返って見る意で、無窮・永遠を念じて「天の原」を見る初期万葉以来の「天の原振り放け見れば」が、七夕歌にも用いられました。

○天の原振り放け見れば大君の御壽《みいのち》は長く天足《あまた》らしたり　（巻二・一四七・倭姫王）

「天の川」の表記は、「天漢」「天河」「天川」と一字一音の「安麻能（乃）我（可・河）波」によっていますが、「天漢」は歌には三三例（全五〇例）題詞にも四例用いられており、他の表記を凌いでいます。「霧立ち渡る」も成句的表現で、古代日本人にとって「霧」は「嘆きの息」でもありました。ここでは、彦星の舟の漕ぐ櫂のしぶきが天の川に霧となって立ち渡る様子を表したものと考えられます。「君は来ぬらし」は、彦星の船出を察した表現です。織女星が、天の川に霧が立ち渡っていく景をはるかに眺めやり、それによって彦星の訪れを予測する同趣の七夕歌も少なくありません。

○彦星《ひこほし》し妻迎舟《つまむかへぶね》漕ぎ出《づ》らし天《あま》の川原《かはら》に霧の立てるは　（巻八・一五二七・山上憶良）

○君が舟今漕ぎ来《く》らし天の川霧立ち渡るこの川の瀬に　（巻十・二〇四五）

○天の川八十瀬霧らへり彦星《ひこほし》の時待つ舟は今し漕ぐらし　（巻十・二〇五三）

七月七日の夜の天上での逢瀬に、この世の恋や男女の営みを投影した七夕歌を通して、古代日本人の牽牛織女に寄せた思いのほどがうかがわれます。

うたう　CD〔21〕

あまのはら　ふりさけみれば　あまのがは　きりたちわたる　きみはきぬらし
LLLLL　HFHFRFL　LLLHL　HHLFHHF　HHHRFHF

典型的な五七調、二句切れの歌意です。初句は少しずつ上昇します。上がり下がりの連続する第二句を工夫して上手にうたいましょう。末句は「君は」で一度息を継いで「来ぬらし」をうたいあげてください。

24 秋萩の下葉黄葉《もみ》ちぬあらたまの月の経《へ》ぬれば風を疾《いた》みかも

秋芽子乃　下葉赤　荒玉乃　月之歴去者　風疾鴨

（巻十・二二〇五）

訳　秋萩の下葉が色づきました。（あらたまの）月が改まったので、風がひどく吹くからでしょうか。

解説　四季分類の巻十所収の秋雑歌で、「詠黄葉」の題詞に続く作者未詳の一首です。秋の七草を代表する「萩」の歌は、他のどの花よりも多く詠まれており、万葉人たちが最も愛好した花といえます（「萩」五六例「秋萩」七六例）。「詠黄葉」の歌群（二一七八～二二一八）は、「露」や「露霜」に「にほひそめ」、「時雨の雨」に色づく紅葉の歌にはじまります。この歌の前後には、「秋風」に色づき「風」に散る紅葉の歌が位置付けられており、その類の「萩・秋萩」の「下葉」を詠む歌が相前後して収められています。しかも、『万葉集』に七例見られる「下葉」は、「萩」と「秋萩」に限られています（「萩」五例「秋萩」二例）。

○秋風の日にけに吹けば露しげみ萩の下葉は色づきにけり　（巻十・二二〇四）

○秋萩の下葉の黄葉花に継ぎ時過ぎ行かばのち恋ひむかも　（巻十・二二〇九）

二〇〇八年十月に「阿支波支乃之多波毛美智……」とある八世紀の歌木簡が、京都府木津川市の馬場南遺跡から出土しました。この歌の上二句に相当する字句です。聖武天皇の時代（七四一年）に平城京から一時都を移した恭仁京の一部に当る遺跡からの出土とあって、『万葉集』との関係や古代史を解き明かす貴重な発見として注目を集めました。「あきはぎ」木簡は、復元すると一行書き六〇cmほど（通常の二倍）になります。この遺跡は寺院や仏教供養に関係する出土物が多いので、仏教行事と関わる歌木簡ではないかとの推定もなされています（京都府埋蔵文化財調査研究センター『天平びとの華と祈り』柳原出版・二〇一〇年）。そして、「黄葉」と墨書した土器が出土したことから、恭仁京で開始されたかとも言われる『万葉集』編纂との関連も注目されました。特に二〇〇八年は、五月の紫香楽宮跡（宮町遺跡）「あさかやま」木簡出土にはじまり十月の「あきはぎ」に至るまで、『万葉集』と関わる木簡が次々と出土し、地下の『万葉集』への関心が高まった年でもありました。

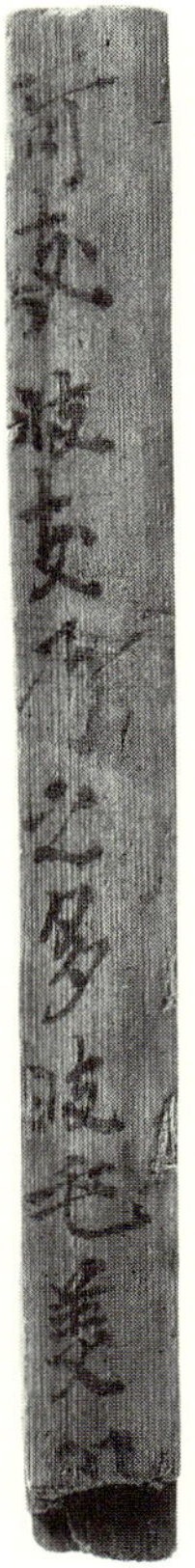

図12　あきはぎ木簡
（馬場南遺跡出土、公益財団法人京都府埋蔵文化財調査研究センター）

『万葉集』では、もみじは漢詩に倣い「黄葉」と表されており、「紅葉」の表記は一例のみです（巻十・二二〇一）。ここでは「赤」を「もみちぬ」と訓んでいます。「赤葉」を「もみちば」（巻十三・三二二三）、「未赤者」を「もみたねば」（巻十・二二〇五）等とする訓に準じたものです。「あらたまの」は、年・月・月日・春にかかる枕詞で、ここは月にかかります。本来は、まだ磨いていない「荒玉・新玉」の意で、『万葉集』では「荒玉」「荒珠」「璞」等と記されています。四句目の「月之歴去者」は、「月の経ぬれば」とともに「月の経ゆけば」の訓があります。「去」は助動詞「ぬ」と動詞「ゆく」（活用形含む）と訓む可能性がありますが、ここでは「年之歴去者」（巻四・六九六、巻十三・三二六一）に準じて、「月」の推移を凝視的に確認する助動詞「ぬ」と解し、「経ぬれば」と訓みました。五句目の「風疾鴨」についても、「風をいたみかも」とともに「風はやみかも」の訓が見られます。「疾」には「いたみ」「はやみ」いずれの訓もありますが、「下葉黄葉ちぬ」との関係から、「いたみかも」に従いました。

「萩」や「秋萩」に「風」を配した歌のなかにあって、この歌の独創性は、「秋萩の下葉」の紅葉を「あらたまの月」の推移による風の変化との関係において捉えた点にあります。なお、源実朝の次の「暮秋歌」は、この歌を基に詠まれたものとされています。

○秋萩の下葉の紅葉うつろひぬ長月の夜の風の寒さに

（金槐和歌集・三〇八・源実朝）

CD〔22〕

うたう　あきは**ぎ**の　したばもみちぬ　あらたまの　つ**き**のへぬれば　かぜをいたみかも

LFLLL　HLLLLFF　HHHHH　LLHRHLL　HHHLLFFF

季節の移ろいをうたった叙景に哀傷の趣が込められています。付録CDはその解釈でうたっています。「下葉」の「は」はHですが複合して連濁を生じているのでHLLを採ります。動詞「もみつ」の語尾は濁りません。第四句「経ぬれば」の「へ」は長めにして上昇をうまく実現しましょう。末句は字余りです。「い」を前の「を」に付属するように短くします。一首全体に、動詞の終止形、連用形と助動詞、助詞のFが連続するところがいくつもあります。実際の発音では音程の谷が均されてHFあるいはHLになることもあったでしょう。音楽の表現として、もとのFの上がり下がりを生かしたり、続けて均された形にしたり、工夫してみてください。

25

多摩川《たまがは》に晒《さら》す手作りさらさらに何《なに》そこの児《こ》のここだかなしき

多麻河泊尓　左良須弖豆久利　佐良佐良尓　奈仁曾許能児乃　己許太可奈之伎

（巻十四・三三七三・東歌）

訳　多摩川にさら（晒）す手作りの布のサラサラに、どうしてサラにサラにこの子がこんなにも愛しいのか。

解説　東歌として巻十四に所収された武蔵国の相聞歌で、いとしい女性（新妻か恋人）を思って詠んだ若い男性の歌と思われますが、作者は不明です。多摩川の水に布を晒す労働を序として、布を晒す「さら」との関連で「さらさらに」を導きます。しかも、より一層改めて「さらに」の意をこめて、愛する子（新妻）へのいとしさを同音反復のさわやかな音律効果を活かして率直に詠んでいます。「さらさら」は、物が触れ合って立つ音でもあますので、晒す布が擦れ合う象徴的なオノマトペとしても有効に機能しています。「武蔵国」は、現在の東京都・埼玉県南部・神奈川県北部に当ります。現在でも一帯には「調布」「布田」等の地名が残っていますが、これは蔵国が「調」として、または「庸」（都での労働）に替えて麻布を貢納していたことに由来するものです。布作は主に女の仕事であったようですから、多摩川で布を晒しながら声を合わせて女性達が歌ったものとも思われます。

『万葉集』巻十四には、東歌が二三〇首収められています。遠江・信濃以東、陸奥に及ぶこれらの作品の大分は恋の歌であり、その表現は素朴で口承的・民謡的要素が濃厚です。東国方言を用いている点にも特色が認られ、素材も都の歌とは異なります。「兎」「鷲」「粟」「つづら」等の野趣に富む動植物や、「罠」「斧音《おのと》」「手作り（布）」「斑衾《まだらぶすま》」等の生活・労働に密着した素材が見られます。しかし、農耕や労働そのものを歌の主題にしているのではありません。むしろ日常の生活・労働・自然の営みを活かしつつ、人の心や行為をシンボリックに表しています。序の表現を通して我々は、古代東国の人々の生活や労働の一端をうかがうことができます。「多摩川に晒す手作りさらさらに」は、その好例といえます。

「多摩川」は、東京都西多摩の奥から奥多摩・青梅を南下、立川・府中・調布市などの武蔵野台地の西を流れて羽田に到り、東京湾に注ぐ一二三㎞ほどの川です。「晒す手作り」は、水に晒し日に曝した手作りの布のこと。『倭名類聚鈔』の「白絲布」には、「俗用二手作布三字一云二天都久利乃沼乃一是乎」(巻十二)、また『類聚名義抄』の「紵にも「テツクリノヌノ」(法中一一〇)とあり、『万葉集』には「…打栲《うちたへ》は　経て織る布　日晒しの　麻てづくりを　ひれ裳なす…」(巻十六・三七九一)とあります。また、常陸国の守《かみ》として赴任した藤原宇合が、任を終え帰京する時(七一九年)、常陸娘子が宇合に贈った「庭に立つ麻手《あさで》刈り干し布さらす東女《あづまをみな》を忘れたまふな」(四・五二一)からは、麻の栽培・収穫から布にするまでの一連の仕事が、女の手によっていたことが判然とします。なお、東歌のなかには武蔵国・利根川の「埼玉《さきたま》の津」の歌も見られ、常陸国の歌には布を干す歌もあります。

○埼玉《さきたま》の津に居《を》る舟の風を疾《いた》み綱は絶ゆとも言《こと》な絶えそね　(巻十四・三三八〇)

○筑波嶺に雪かも降らる否《いな》をかもかなしき児《こ》ろが布《に》干《の》さるかも　(巻十四・三三五一)

三句目の「さらさらに」までは「さらす」の音の連想を活かした象徴的序で、「さらさらに」はさらにさらに一層、改めての意味です。繰り返し布を晒す作業や水に晒す布が擦れる音に投影しつつ、いとしさがその都度あらたに募ることをシンボリックに表します。「何そ」は「何+そ」、どうしての意味で連体形の「かなしき」と係り結びをなしています。「この子」は愛する女性を表しており、一首の内容から結婚したばかりの新妻か若い妻が彷彿とされます。「ここだ」は「ここ+だ」で、「ここば」「ここら」よりも古く、「いくだ」の「だ」(程度の甚だしさを表す)に通じます。「だ」「ら」は接尾語で、「ここだ」はこんなにもの意味です。「かなし」は、切ないほどにいとおしい愛情を表します。東歌の形容詞「かなし」は、例外なく男女や親子間の切なくいとおしい愛情表現として用いられており、共寝や逢瀬を直截的に表す動詞「寝《ぬ》」「逢ふ」等と同様に、中央の歌よりも使用頻度が高くなっています。「抱きしめてもなおいとおしさの尽きない男の歌であろう」（『全注』）。

東歌は、東国の民謡的な歌の集成とはいうものの、定型以前の古代歌謡とは異なり、すべて五七五七七の短歌形式によっています。地域色豊かではありますが、防人歌ほど方言色が濃くありません。この歌にも方言らしき語は見られず、歌いこまれた音やリズム・技巧も含めて、一首の表現はかなり練られています。しかも、上三句の音律とそのイメージ効果は、持統太上天皇大宝元（七〇一）年九月の紀伊国行幸に際して詠まれた「巨勢《こせ》山のつらつら椿つらつらに見つつ偲はな巨勢の春野を」（巻一・五四・坂門人足）等に類似しています。

したがって東歌は、土地の民謡を基にしつつも都の三十一《みそひと》文字の定型歌に範を求めたものであり、歌いこみ練り上げられた東国地方の歌（東国赴任官人の歌をも含む）の集成と見なされます。また東歌は、国名の明らかな「勘国歌《かんこくか》」と不明な「未勘国歌《みかんこくか》」からなり、この歌は「勘国歌」（武蔵国）に属します。とりわけ「さらす」「さらさらに」の「サ」と「このこの」「ここだ」の「コ」の音の繰り返しによる爽快な音律や、素朴で率直な愛情表現は、今日に至るまで人々の心を捉え、東歌のなかでも最も愛好される一首となっています。

うたう　たまがはに　さらすてづくり　さらさらに　なにそこの**こ**の　ここだかなしき　ＣＤ〔29〕
ＬＬＨＬＨ　ＨＨＨＬＬＬＦ　**ＨＨＬＬＨ**　ＲＨＦＨＨＨＨ　ＬＨＬＨＨＨＦ

東うたう　たまがはに　さらすてづくり　さらさらに　なにそこの**こ**の　ここだかなしき　ＣＤ〔30〕
ＬＨＬＦＨ　ＬＨＨＲＨＨＬ　ＬＨＬＨＨ　ＲＬＦＬＨＲＨ　ＬＨＨＬＨＨＦ

付録ＣＤは、まず万葉集中の一首として都風にうたった合唱を収めています。地名「多摩川」のアクセントはもとの語アクセントを並べました。院政・鎌倉期の、顕昭が著した後拾遺集注でＬＬＬＨ、和歌の語彙を集めた袖中抄でＬＬＨＨになっているのは一語化した形です。「さらさらに」の「さら」のアクセントは類聚名義抄の

「さらたび（徘徊）」平平××から原型はＬＬと推定できます。副詞「さらに」は類聚名義抄でも四座講式でもＬＨＬです。これは形容詞連用形と同じく連用修飾の形です（観智院本類聚名義抄にＬＬＬの例もあります）。「ことＬＬが副詞「ことに」ではＬＨＬになるのと似ています。そして図書寮本類聚名義抄の「いよいよ」がＨＨＬＬ、観智院本の「いよよか」がＬＬＨＬですが、単独の「いよ」はＨＨです。同じ語形を繰り返すとき高低を変えたようです。これらのことを考え合わせると、「さらさら」はＬＬＨＨまたはＨＨＬＬと推定できます。「かなしき」を連用修飾しますからＬＨＬにもなり得たでしょう。付録ＣＤでは動詞「さらす」に合わせて高起式でうたいコーラスで他の抑揚を重ねています。副詞「ここだ」ＬＨＬは類聚名義抄の形容詞「ここだし」ＬＨ××と日本書紀声点本の類義語「こきし」ＬＨＬから推定します。第四、五句は「何そ」と「かなしき」との呼応をうまく表現しましょう。ＣＤには次に東国風の独唱を収めました。東国風のうたい方は、ハ行音を唇音で発音し、タ行ダ行のチ・ツ・ヂ・ヅを破擦音にせず、濁音をすべて鼻濁音にするのは都と同じです。上代特殊仮名遣いはあまり気にかけなくてよいでしょう。アクセントは、推定した都のものをもとに、自立語はアクセントの式を守りながらそれぞれの語のはじめに必ず上昇がある形にし、付属語と副詞は文法的な機能に応じた抑揚をそのままそれぞれの語に付けました。文節アクセントは認めず、名詞、動詞が複合してもアクセントの調整を施しません。第四句の「この」の「の」の後で少し下げて「子」の頭に上がり目をつくると東国語らしくなります。愛妻をうたいあげる、一緒に働いている女性を讃える、愛娘か近所の女の子を慈しむなど、表現を工夫してみてください。

26

君が行く道の長手《ながて》を繰り畳《たた》ね焼き滅ぼさむ天《あめ》の火もがも

（巻十五・三七二四・狭野弟上娘子）

君我由久　道乃奈我弓乎　久里多々祢　也伎保呂煩散牟　安米能火毛我母

訳　あなたがこれから行く長い道を手繰り寄せ畳んで、焼き滅ぼしてしまうような天の火が欲しい。

解説　巻十五に所収された狭野弟上娘子《さののおとがみのをとめ》の中臣宅守《なかとみのやかもり》との贈答歌の一首です。遣新羅使歌に続いて巻十五には、結婚直後に何らかの理由により（禁忌の恋ないしは政治的罪とも）、越前国の味真野《あぢまの》（武生市）へ流罪になった宅守と娘子の愛の贈答歌六三首が収められています。流刑地・越前までの道を繰り畳み「焼き滅ぼさむ天の火もがも」と詠むこの歌をはじめ、娘子の歌は非常に激しく情熱的です。宅守は従四位下の中臣東人の七男で、娘子は宮の出納に関わる蔵部女嬬《くらべにょじゅ》であったようです。若く美しい才色兼備の蔵部女嬬は、宮廷にはなやかさを添えるとともに、男性たちの羨望の的であったに相違ありません。「紀州家本」「西本願寺本」等主な諸本の題詞には、「中臣朝臣宅守与二狭野弟上娘子一贈答歌」とあるのみですが、目録には「娶」とともに「勅断流罪」「夫婦相嘆易難会」とあり、これらの贈答歌の詠まれた背景を伝えています。「中臣朝臣宅守娶二蔵部女嬬狭野弟上娘子一之時、勅断二流罪一配二越前国一也。於レ是夫婦相二嘆易レ別難レ会、各陳二慟情一贈答歌六十三首」。一方、当該の「娘子の別れに臨みて作る歌四首」（左注）に対して、宅守は「道に上《のぼ》りて作る歌」四首をもって応えています。

○塵泥《ちりひぢ》の数にもあらぬわれゆゑに思ひわぶらむ妹《いも》が悲しさ　（巻十五・三七二七）

○あをによし奈良の大路は行きよけどこの山道は行きあしかりけり　（巻十五・三七二八）

○畏《かしこ》みと告《の》らずありしを越路の手向《たむけ》に立ちて妹が名告りつ　（巻十五・三七三〇）

「道の長手」は長い道を表したもの。「繰り畳ね」は、手繰り寄せて畳む意です。「畳ね」は連用形で、「たたぬ」「たたむ」の「たた」（手・手）は同根です。「天の火」は、漢語「天火」の翻訳語で、天から降る火。災の火でもあります。「凡火、人火曰レ火、天火曰レ災」（春秋左伝・宣公十六年）。「天火」は「天災」（天の災）として『日本書紀』にも用いられています。「天災」は、讒言された馬飼歌依が「若し是実ならば必ず天災を被らん」と言挙げして、拷問により死んだ直後に「殿に災」があった記事（欽明天皇二三年六・七月条）の他、孝徳天皇即位前紀群臣の会盟条や、天武紀にも「雷光二南方一而一大鳴。則天二災於民部省蔵庸舎屋一」（朱鳥元年七月条）とあります。これらは人の悪行に対する天罰としての火を表しており、娘子もまた宅守の流刑を不当な冤罪として「天の火」を欲し、その火によって流刑地・越前までの道を「焼き滅ぼす」ことを希求したのです。「焼き滅ぼす」は、当該歌にのみ見られる語で、「滅ぶ」「滅ぼす」も含め『万葉集』の歌には他に例がありません。「もがも」は、～が欲しいと切に願う心を表す終助詞です。「岩戸割る手力《たぢから》もがも手弱《たよわ》き女にしあればすべの知らなく」（巻三・四一九）。「もがも」は「もがもや」「もがもよ」等を派生し、平安時代には「もがな」に転じます。

宅守は、天平十二（七四〇）年六月以前に越前国への流罪にあったようですが、大規模な同年六月の大赦にも入っていません。「宜レ大二赦天下一。自二天平十二年六月十五日戌時一以前大辟以下……中臣宅守・飽海古良比、不レ在二赦限一」（続日本紀・聖武天皇・天平十二年）。一連の贈答歌のなかの次の歌は、この時の恩赦に浴した穂積老《ほづみのおゆ》をはじめとする人々が、帰京した時の娘子の歌と見なされます。また、こうした状況下の狭野弟上娘子ならではの激しさを内包し、命と向き合う歌も少なくありません。

○帰りける人来《きた》れりと言ひしかばほとほと死にき君かと思ひて　（巻十五・三七七二）

○わが背子が帰り来まさむ時のため命残さむ忘れたまふな　（巻十五・三七七四）

その後宅守は許されて復位し、天平宝字七（七六三）年一月には六位上より二階級超えて、従五位下の叙位となります。「授二……従六位上中臣朝臣宅守……藤原恵美朝臣執棹並従五位下一」（続日本紀・淳仁天皇・天平宝字七年）。しかし、翌八年九月の藤原仲麻呂の乱により除名にされます。

禁忌の恋ゆえか政治的理由か明らかではありませんが、結婚直後に引き裂かれた二人の愛を背景にした宅守と娘子の贈答歌六三首は、『万葉集』のなかでも哀切かつ異彩を放つ作品群を形成しています。特に宅守の罪を冤罪として天に訴え、越前への長い道のりを手繰り寄せて焼き滅ぼす「天の火」を切望するこの歌は、はじめて「天火・天災」をやまと歌に持ち込み形象化した独創的で情熱的な歌といえます。

CD〔33〕

うたう　きみがゆく　みちのながてを　くりたたね　やきほろぼさむ　あめの**ひ**もがも
ＨＨＨＨＨ　ＨＨＨＬＬＬＨ　ＬＦ**ＨＨＬ**　ＨＬＨＨＨＨＦ　ＬＦＬＬ**ＦＬＦ**

未詳の動詞連用形「たたね」には「たたむ」のアクセントを代入しておきます。語幹と同根の「手」はＬですが動詞になるとき低起式と高起式の交替が生じたとみます。暗い情をこめてＬＬＦでうたっても意味が通じるでしょう。愛しい人を行かせまいとして「〜を」「〜ね、〜む」「〜もがも」とたたみかける文です。「ほろぼさむ」をとくに高く。ここが一首のなかで強調してうたうところです。「火」もキーワードなので少し長く。それでイ乙類の母音の発音もしやすくなります。そして前の「の」に「のひ」と低く平板に続かないように注意。「火」を少し上げると良いでしょう。「もがも」は日本書紀の声点に従いますが、類聚名義抄で「なくもが」に去平上平と去平上上と両様の声点が付いているところをみると、「が」の原形はＦです。第四句をとくに高くするので、次の第五句は全体に低く、上がり下がりの小さい音程になります。言語学で言う down step です。そのなかでの小さな上げ下げをうまく織り交ぜてたぎる想いを表現しましょう。

27

安積山《あさかやま》影さへ見ゆる山の井《ゐ》の浅き心をわが思はなくに

（巻十六・三八〇七）

安積香山　影副所見　山井之　浅心乎　吾念莫国

訳　安積山の影までも見える山の井が浅いように、私はあなたのことを浅い心で思ってはおりませんのに。

解説　巻十六所収の「有由縁雑歌」の一首です。左注によると、「前《さき》の采女《うねめ》」が陸奥国の国司の接待の非礼に怒った葛城王をなだめようと、「風流なる娘子《をとめ》」としての才覚により如才なく歌った歌とされています。「作」ではなく「詠二此歌一」とあることから察すると、京からの客人の不機嫌を取りなし宴席を和ませるために、「前の采女」は当地ゆかりの既存の歌を即妙に詠じたと考えられます。土地伝来の歌であるよりは都の歌である可能性が高いようです（改作含む）。『古事記』にも、伊勢国三重の婇《うねめ》が機知に富む寿歌を歌ってその場を取りなし、雄略天皇から罪を許されたことが記されています。

またこの歌は、「阿佐可夜……［　　］流夜真」と記された奈良県宮町遺跡出土の歌木簡の歌としても知られています。特にこの木簡は、天平十五年末～十六年の埋蔵物とともに出土したことに加えて、「難波津」の歌の裏に書かれており、二首が表裏をなしていることでも注目されています（栄原永遠男『万葉歌木簡を追う』和泉院・二〇一一年）。『古今集』の仮名序では、「難波津」とともに「あさか（安積）山」の歌は、「歌の父母」とされ、「難波津の歌は帝のおほむはじめなり。あさか山の言葉は采女の戯《たはぶれ》より詠みて」とあって、『万葉集』の左注をコンパクトにした、「葛城王を陸奥《みちのおく》へ遣したりけるに、国司《くにのつかさ》、事疎《おろそ》かなりとて…采女なりける女の土器《かはらけ》取りて詠めるなり。これにぞ、王の心解けにける」との注も付されています。また、平安時代には、この歌が手習い歌として広範に流布するとともに「安積山」も歌枕として定着したために、この歌が男女の心の機微を描く文学作品にしばしば登場することになります。

「安積山」は福島県郡山市の山です。「さへ」は、あることの上に何かが類加的に加わることを表す副助詞で、「安積山」の影までも「山の井」に映っていることを意味します。この序は「あさ」の音の連想によって、「安積山」の「影さへ見ゆる山の井」の言語イメージを活かしつつ、否定的に転じて浅くは思っていないことを表しています。自然の景物に心を託したこのような序は、「心物対応構造」に基づく表現といえます（鈴木日出男『古代和歌史論』東京大学出版会・一九九〇年）。肯定型・否定型ともに古代的象徴表現は、自然の営みやその状態に自己の心と姿を見出した古代日本人の思考の産物に他なりません。〈～心（を）わが思はなくに〉は、「～と思ふ」「～て思ふ」とは別の、思う心を対象化した古代日本語の成句的表現です。「～くは（とは）思わないのに」の意に近いようですが、「心」を具象化する序を伴って思うに任せない現状への嘆きをこめた表現と見なされます。上接するのは「浅き心」の他、「薄き心」「異《け》しき心」「うつろふ心」「たゆたふ心」「絶えむの心」等の浅薄・浮薄で安定・継続しない心です。「なくに」は、否定の「なし」のク語法「なく」に逆態・屈折を表す助詞「に」が下接した連語です。

連体修飾
主語　述語
安積山影さへ見ゆる山の井の浅き心をわが思はなくに

左注には、「右歌、伝云、葛城王遣二于陸奥国一之時、国司祇承、緩怠異甚。於レ時王意不レ悦、怒色顕レ面…於レ是有二前采女一、風流娘子、左手捧レ觴、右手持レ水、撃二之王膝一、而詠二此歌一……」とあり、才智に富む采女のこの歌が葛城王の怒りを解き、「楽飲すること終日」の宴席にした経緯を物語っています。「葛城王」に当たる人物は二・三人いますが、橘諸兄が天平八（七三六）年に改名する前の名に相当すると考えられます。本来「陸奥国」は、古代東山道の「道の奥」の意です〔mitinöoku → mitinöku〕。三六郡あり古くから超大国扱いでした。

養老二（七一八）年には、白河・石背《いはしろ》・会津・安積・信夫の五郡を分割して石背国《いはしろのくに》を設け、神亀年間（七二四〜七二八）に旧に復したので、これは養老〜神亀年間の石背国の国府・郡山での出来事といえます。「前《さき》の采女《うねめ》」はそれ以前の采女のこと。『続日本紀』の七〇二年の記事には、陸奥国からは采女を貢進しないことが記されています。「令下筑紫七国及越後国簡二点采女・兵衛一貢上之。但陸奥国勿レ貢」（文武天皇・大宝二年四月）。「祇承」は接待で、『令義解』には「祇承合レ意」に対して「祇ハ敬ナリ、承ハ猶事ノゴトキナリ」（考課令・考帳内條）とあります。「緩怠」は非礼・失礼のこと。「左手捧レ觴、右手持レ水……」は、歌を歌った時の「風流」な采女の所作を表しています。手で杯を献じ、右手に「安積山」の「山の井」の水を持ち（汲んで来たものとの見立とも）、葛城王の膝を軽く叩いてなだめ、この歌によってその場を取りなしたのです。

『大和物語』一五五段や『今昔物語』巻三十・八には、内舎人《うとねり》によって陸奥国の安積山へ連れ去られた大納言の美しい娘が、山の井に映ったあさましいわが姿に恥入り、この歌を木に刻んで死ぬ話が見られます。「あさか山影さへ見ゆる山の井の浅くは人を思ふものかは、と詠みて木にかきつけて、庵にきて死にけり……山の井なりける歌を見て帰り来て、これを思ひ死に（男も）傍《かたはら》にふせりて死にけり」（大和物語・一五五段）。殊に『源氏物語』の光源氏の歌「あさか山あさくも人を思はぬになど山の井のかけ離るらむ」（若紫巻）は、尼君の言葉「難波津をだに」を受けたものであり、「あさか山」の歌を媒介にして「浅き」心か否かを詠む歌が二人の間で交わされます。なお「あさか山」の歌は、『小町集』（七二）の他『古今和歌六帖』の「やまの井（第二・二七三）にも収められ、下二句は一様に「浅くは人を思ふものかは」に変化しています。

このようにして「陸奥国」を舞台とする「安積山」の歌は、平安時代以降も新たな物語を紡ぎ出し、心の深浅・浅薄のイメージ豊かに日本古典文学に彩りを添えました。

うたう　あさかやま　かげさへみゆる　やまのゐの　あさきこころを　わがおもはなくに　CD〔28〕

HHHLL　LHHLLLH　LLLLL　HHFLLHH　LHLLLHL**H**

地名「あさか」のアクセント不明。摂津国住吉郡の「あさか」と同じ名とすると、万葉集では「浅香」「朝香」があてられています。「浅」はHH、「朝」はLL、「香」はHですが、ここでは第四句の頭と韻を踏んでいますので高起式HHHを採ります。和歌の語彙を集めた袖中抄にその形の例が実際にあります。古今集声点本にあるLLLの例は平板型における高起式と低起式の交替とみなすことができます。二句切れなので初句の末尾を下げないように、そして、第二句の「見ゆる」も連体形ですから下げておわらないように注意してください。Lの続く第三句は少しずつ上昇します。末句は字余りです。「思ふ」の頭の「お」は前の「が」に小さく付けるか落とします。付録CDでは落としてうたっています。末尾の「なくに」は逆説的な表現で一首をうたいおさめます。「に」はアクセントにとらわれずゆるやかに下げて優しい口調にしましょう。アクセントどおりに急に高くすると強い口調になります。

◎コラム――

高校現場で詠む「よろづの言の葉」

墨　功恵

高校生にとって古典の授業は、退屈極まりないものです。文法や敬語、重要語彙に文学史的知識。ましてや和歌となれば、枕詞や掛詞・縁語などといった技法が盛りだくさんです。その上、和歌は回りくどい言い方をしていて何を伝えたいのかはっきりしません。携帯メールで育った彼らにとって、言葉は自分の意志を明確に伝達するツールなのです。「好きなら好きって言えばいいじゃん」という彼らに、あれこれ説明しているうちに教師（私）の声が子守唄へと変わってしまいます。

そこで、万葉集の授業を変えてみました。歌の内容や文法を一切説明せず、ただ全員で声に出して読むのです。和歌の暗唱テストをすると言うと嫌がる生徒も、クラス全員で唱和すると喜んで大きな声を出します。何度も何度も声に出して読んでいくと、言葉が身体に浸み込んでいきます。万葉集のもつ大らかな調べや豊かな表現が自然と実感できるのです。

そう万葉集は「ウタ」なのです。耳で聴いて理解しやすい発音で歌うというのも、和歌の重要な要素であったでしょう。我々が普段話す言葉でさえ、アクセントやイントネーションによって音の高低差が存在します。作者の心情を紡ぎ出し聴く人の心を揺さぶる歌なら、なおさらです。たぶん美しいリズムや旋律、言葉の抑揚があったのだろうと思いつつ、まずは棒読みで繰り返し音読させました。

初めはどこで言葉を切るのか、どんな内容なのか分からなかった生徒も、日本語独特のリズムや音韻から

「なんとなく悲しい歌」「恋の歌」「喜びの歌」などと作者の思いを想像していきます。そこで、これは元カレが元カノに送った歌なのだなどと説明すると大いに盛り上がります。生徒をグループ分けし、わからない単語は各自で辞書をひかせ自分たちで現代語訳をさせてみました。そして、俵万智の真似をして（「短歌を訳す―言葉の壁を越えて―」『言葉の虫めがね』角川書店　一九九九年）、現代語訳した内容を三十一文字に置き換え発表させてみたのです。出来上がった歌は次のようです。

春のその　紅にほふ　桃の花　下照る道に　出で立つ娘子　（巻十九・四一三九・大伴家持）

↓

おとめかな　道にたたずむ　春の花　誘っているの　桃のかおりに

韓衣　裾にとりつき　泣く子らを　置きてぞ来ぬや　母なしにして　（巻二〇・四・防人歌）

↓

泣きわめく　子たちを残し　戦争へ　親いないのに　どうしているのか

なんと、私が解説するよりも切々と情感が伝わっているではありませんか。「三十一文字に言葉を短くするのが大変だよ」という生徒に、だから技法があるんだよと説明しました。「へぇ、僕らがリア充っていうのと同じだね」と答える生徒。はてさて「リア充」とは、いかに。現代語の現代語訳が欲しい私です。

28

春の苑紅《そのくれなゐ》にほふ桃の花した照る道に出《い》で立つ娘子《をとめ》

春苑　紅尓保布　桃花　下照道尓　出立媙嬬

（巻十九・四一三九・大伴家持）

訳　春の庭園は紅に色付きはなやいでいる、その桃の花が美しく照り映える道に出で立つおとめよ。

解説　大伴家持が、正倉院の「鳥毛立女屏風」の樹下美人図の連想を呼ぶ絵画的構図によって、咲きほこる桃の花に照り映える美しい「娘子《をとめ》」を詠んだ秀歌です。七五〇年三月一日の作歌で、題詞には「天平勝宝二年三月一日之暮、眺二矚春苑桃李花一作二首」とあり、桃の歌の次には李を詠む「我が苑の李《すもも》の花か庭に散るはだれのいまだ残りたるかも」（巻十九・四一四〇）が続きます。この歌以前にも桃の木や実の歌は詠まれていますが、桃花のはなやかな美しさを詠む歌はありませんので、「春苑桃李花」の歌二首は当時の中国的趣向に支えられた、幻想的で斬新な春苑の歌と見なされます。特に「桃李」の二首には、「桃李不レ言、下自成レ蹊」（史記・李将軍伝賛）とともに『詩経』の「桃之夭夭、灼灼其華」（桃夭）のイメージが息づいています。

大伴家持は『万葉集』第四期を代表する歌人で、編纂者に擬されています。繊細で感性豊かな短歌四三一首、長歌四六首、連歌一首、施頭歌一首の計四七九首を収めており、なかでも花を詠む歌が一四〇首、30％ほどを占めています。家持の生年については諸説ありますが、通説では養老二（七一八）年とされており、幼少期には父・旅人に伴って一時大宰府に下りました。天平十（七三八）年から七四四年まで内舎人、七四六年六月に越中守に任命されました。「従五位下大伴宿禰家持為二越中守一」（続日本紀・聖武天皇・天平十八年）。七月に赴任して五年間の越中時代に、『万葉集』所収歌の半数に近い二二〇首ほどの歌を残しています。この歌も越中での作歌を代表する一首で、越中で迎えた四度目の春・三三歳の頃の作です。翌七五一年七月に少納言に任命され翌月帰京、七五七年に兵部大輔、翌七五八年に因幡守《いなばのかみ》に任命されました。七八五年八月に従三位中納言で没しましたが（六八歳か）、死後九月には藤原種継暗殺事件に連座して除名となり、官位名籍を剥奪されました。「庚寅（二八日）、中納言従三位大伴宿禰家持死…死後廿餘日、其屍未レ葬……大伴継人・竹良等、殺二種継一、事発覚下レ獄……事連二家持等一、由レ是、追除名」（続日本紀・桓武天皇・延暦四年）。その後八〇六年に、許されて本位に復します。

「春の苑」は「春苑」の翻訳語で、集中この一例のみです。春の花の咲きほこる趣向を凝らした貴族の庭園を表します。「苑（園）」は、中国文学とともに日本に入り、天平時代にはこの語が使用されはじめます。『万葉集』では、梅花の歌において最も効果的に使用されています。「紅」は「くれ（呉）のあゐ（藍）」で紅色。越中時代の家持は「紅」の色や「紅にほふ」景物に魅せられていたようで、この時期の歌に頻出します。花を素材とする歌も内舎人から越中時代に集中し、特にこの時期の家持は新たな「花」の歌材を用いて華麗・豊麗でみずみずしい女性美の形象化を試みています。これらの「桃の花」「李の花」に続く三月二日の「かたかごの花」の歌もその一首です。「にほふ」は、紅・紫・白・黄などの色彩が映えて、あたり一帯にはなやかな美しさを発散する作用を表します。「紅にほふ」は、紅の色が美しく照り映え、庭園全体がはなやいでいる意です。「紅にほふ桃の花」も、漢語「紅桃」の翻訳表現で、大伴池主も漢文書簡のなかで「紅桃灼々」（巻十七・三九六七）と表しています。当該歌は、池主のこの漢文書簡も踏まえているようです。「下照る道」は、紅の桃の花が咲きほこり明るく照り輝く道を捉えた表現で、紅（赤系）色に明るく照り映える道の意味です。満開の桃の花が醸成する赤系のスポットライトを浴びた道に、美しい「をとめ」が出立つ幻想的な光景を絵画的に表したものといえます。「下照る道は桃の紅なるが映ずるなり」（『代匠記』）。この表現も「麗二初桃新采一、照レ地吐二其芳一」（芸文類聚・桃）等の漢詩文の影響を受けているようです。「下照る道」を下に照る意とする説もあり、これに従えば桃の花の下まで照り輝く意味になります。しかし「した」は、「したひ山」「秋山のしたひ男」等の赤く色づいて照り映える意の動詞「したふ」と同根の可能性が高く、「した照る姫」（大国主の娘）や「橘のした照る庭に殿立てて酒《さか》みづきいます我が大君かも」（巻十八・四〇五九・河内女王）の「した照る」と同様に、赤く照り美しく輝く意と考えられます。またこの歌は、「花にほひ照りて立つ」女性を詠む次の類想歌へと連なります。

○見渡せば向《むか》つ峰《を》の上《へ》の花にほひ照りて立てるは愛《は》しき誰《た》が妻　（巻二〇・四三九七・大伴家持）

桃花に照り映える「娘子《をとめ》」を詠む当該歌は、中国的趣向によるはなやかな「春苑」の景と中国詩に見られる「桃夭」のイメージを背後に、あたかも「鳥毛立女屏風」の樹下美人図の構図を連想させる表象となってます。「桃花」の歌は、この日詠まれた連作の「李花」の歌とともに、父の旅人が幻視した「梅花」の歌の雪の精に対峙するものであり（巻五・八二二）、幻想的女性をシンボライズする中国趣味の華麗な花の秀歌といえます。

うたう

はるのその　くれなゐにほふ　もものはな　したでるみちに　いでたつをと**め**　CD〔24〕

LFLLH　HHLLLLH　HHHLL　**HH**LHHHH　LFLH**LLH**

初句から末句まで「をとめ」に向かってpanしながらfocusして行く歌意をうまくうたいあげましょう。「した」は「下」ならＨＬですが、動詞「したふ」の語幹と同根ならＨＨです。「をとめ」のアクセント不明。日本書紀声点本ではＬＬＨの例が多数ですが、ＬＨＨ、ＨＨＨなどの例もあり、類聚名義抄ではＬＨＨです。語源「乙」ＬＬ「女」Ｒからみて原形はＬＬＨになるはずですが、類聚名義抄で「乙」に「子」Ｈのついた「男」はＬＬＬ、しかも「（いまの）をとこ」はＨＨＬです。このＨＨＬは中世京都方言の「男」のアクセントと一致します。「をとめ」「をとこ」は早くに一語化し、平板型を基本形としてアクセントにゆれがあったようです。ここは文末ですから「と」と「め」の間に下がり目をつくらないように注意すれば意味が通ります。

29

わが屋戸《やど》のいささ群竹《むらたけ》吹く風の音のかそけきこの夕《ゆふべ》かも

（巻十九・四二九一・大伴家持）

和我屋度能　伊佐左村竹　布久風能　於等能可蘇気伎　許能由布敝可母

訳　わが家の庭のわずかな竹群に吹く風の音のかすかに聞こえる（かそけき）この夕暮れであるよ。

解説　繊細な聴覚表現に秀でた大伴家持のこの歌は、「春の野に霞たなびきうら悲しこの夕かげに鶯鳴くも」（巻十九・四二九〇）とともに、七五三年の「廿三日、依ㇾ興作歌二首」の題詞を持つ「春愁」歌です。とりわけ研ぎ澄まされた感性によって、風にそよぐ竹の葉が擦れ合うあるかなきかの「かそけき」音を表象しています。同じく天平勝宝五（七五三）年の二月二五日に詠まれた「うらうらに照れる春日に雲雀あがりこころ悲しも独りし思へば」（巻十九・四二九二）を含め、この一連の三首には家持の繊細な感性が最もよくあらわれており、今日なお「春愁」を詠む抒情歌の傑作と評されています。特にこの三首に使用された「かそけし」（二例）と「こころ悲し」（一例）は、家持のみが使用した形容詞です。またこの歌の「音のかそけきこの夕《ゆふべ》かも」は、「春の野に霞たなびきうら悲し」「うらうらに照れる春日に」「こころ悲しも独りし思へば」とともに、集中他に例を見ない家持独自の表現といえます。この時期権勢は橘氏から藤原氏へと推移し、これに伴って大伴家の勢力もしだいに衰微しつつ斜陽へと向かいはじめます。七四九年に聖武天皇が譲位してからは（七五六年崩御）、親しかった橘諸兄に代わって藤原仲麻呂が、政界勢力を拡充し掌握することになります。このような時代の閉塞感も、「春愁」を誘発する要因となったようです。

「やど」は「や（屋）＋と（処）」で、家や泊まる場所から家の庭をも表すようになりました。「園（苑）」が漢文学に由来する鑑賞のための庭園を表すのに対して、「やど」は私的な親しみのこもる庭のイメージを担います。「いささ群竹」は「いささ・群竹」で、当該一例のみの家持の造語です。『万葉集』には「竹」を素材とする歌は少なく、「竹」に「風」を配する歌もこれ一首のみであることから、夜の竹風を詠む中国文学の影響を受けた表現と見なされます。「涼夜自ラ凄ク、風篁韻ヲ成ス」（文選・南朝宋・謝荘「月賦」十三）、「夜條風析析」（芸文類聚・竹・梁・江洪「和新浦候斎前竹」）。「竹」は柿本人麿が女性（吉備津の采女）のしなやかな姿を「秋山の　したへる妹なよ竹の　とを寄る子らは……」（巻二・二一七）と詠み、雄略天皇記の歌謡にも、「……本《もと》には　い組竹《くみだけ》生ひ末《すゑ》へには　た繁竹《しみだけ》生ひ　い組み竹　い組みは寝ず　たしみ竹　たしには率寝《ゐね》ず……」（古事記歌謡・九一）とありますので、家持は伝統的な「竹」に中国的趣向の夜の「風」を配したはじめての歌人と見なされます。「いささ」は、「いささか」「いささけし」「ささやか」と同根で、「ささ」は小さいことを表します。数量や程度がわずかである意。その一方で、「い」を「い組み竹」「い隠る岡」等と同様の接頭語と見て「い笹群竹」、ないしは神聖清浄な「斎小竹《ゆささ》」の意とする説もあります。しかし、「かそけし」や一連三首を貫く家持の感性に即すると、「ささ」は「ささやか」の系譜にある語と解した方がよいようです。「かそけし」は「かすか」と同根で、光・音・色などの存在の希薄さを表す形容詞です。「かそけし」の〔so〕が〔su〕の母音交替形であるとすれば、「しづか→しづけし」「はるか→はるけし」「のどか→のどけし」等に準じた派生関係と考えられます。「ゆふべ」は、夜を中心にした時間区分の最初の時間帯で、男女が逢い合うイメージを担います。「この夕かも」は、今この時を限定・特定して詠嘆をこめた表現です。一首前の「この夕かげに鶯鳴くも」を受けながら、この夕にかすかに吹く竹風に寄せてひとり身の「春愁」を表出しています。

　春の愁いを詠むことは、中国六朝詩以来の伝統でもあり、殊に一連の三部作の「春の野に霞たなびきうら悲し」「うらうらと照れる春日に……心悲しも」には、「春愁」を詠む漢詩文の影響が色濃く表れています（小島憲之『上代日本文学と中国文学　中』塙書房・一九六四年）。その一方で、この歌には六朝詩や従来の万葉歌にはない特質が認められます。何よりの斬新さは、「風」と「夕」のイメージによってほのかな恋心や思慕を揺曳させ、特定の個人に対する恋情の表出ではなく感覚的趣向によって「春愁」の心を詠じた点にあります。竹に吹く夕風の歌材は、古代中国文学の影響を受けているにせよ、竹風にそよぐ葉擦れのかすかな音に耳を澄ませ、繊細な感性によって「音のかそけきこの夕かも」と表象した卓越性は、時代を越えて他者の追随を許しません。

周知のようにこの歌は、額田王の「君待つと我が恋ひ居《を》れば我が宿戸《やど》の簾《すだれ》動かし秋の風吹く」（巻四・四八八）をベースにしています。愛する人を待つ者にとって「風」は訪れを察知するよすがとなり、また「夕」は男女が逢う時でもありました。しかし家持は、「君待つと我が恋ひ居れば」のような特定の個人に対する恋愛的表現は用いず、むしろ「夕」のイメージを巧みに活かしつつ、額田王とは異なる独自の創造を成し遂げたといえます。この歌に続く「ひとりし思へば」（巻十九・四二九二）も、妻や妹から離れて「ひとり」の範疇から逸脱するものではありません。特筆すべきは家持が、「ひとり寝《ぬ》」「ひとり見る」「ひとり居る」ではなく、誰も用いなかった「ひとり思ふ」による表象を試みていることです。したがって、一連三首の「春愁」の歌に通底しているのは、近代的な漠たる「哀愁」や感傷的な孤独感ではなく、恋愛的情調を背後にしながら感覚的な趣向によって詠じた春の「悽惆」や「愁」の心であったと見なされます。それは、『古今集』をはじめとする平安和歌の先蹤ともいうべき新しさであったといえます。

うたう　CD〔23〕

わがやどの　いささむらたけ　ふくかぜの　おとのかそけき　このゆふべかも
LHLLL　LLLHHHH　LHHHH　HLLLHLF　HHHHLFF

私情を静かにうたいましょう。「いささ」のアクセント不明。語源を「いささか」の語幹と同じとすると、類聚名義抄の「いささかに」LL×××からみて低起式のはずです。日本書紀の声点で擬態語「くるるに」「ころろに」がLLLHですから「いささ」もLLLと推定できます。もしも語源を「斎小竹」とすると、接頭辞

「い」は「いつくし」ＬＬＬＦ「いはふ」ＬＬＦ「いむ」ＬＦなどからみてＬです。「ささ」はＨＨ。それなら「いささ」はＬＨＨになります。「かそけし」のアクセント不明。語幹が「かすか」と同根とすると、図書寮本類聚名義抄などでＬＨＬですからＬＨＬＦです。古代語の形容詞は語幹と語尾がそれぞれに独自のアクセントをもつので、この形はあり得ます。付録ＣＤはこのアクセントでうたっています。ただし形容詞の一般的な形ではありません。類聚名義抄で「さやけし」がＬＬＬＦ、「かすか」もＬＬＬの例もありますので、ＬＬＬＦの可能性が残ります。

30

防人《さきもり》に行くは誰《た》が背《せ》と問ふ人を見るが羨《とも》しさもの思《もひ》もせず

（巻二〇・四四二五・防人の妻）

佐伎毛利尓　由久波多我世登　刀布比登乎　美流我登毛之佐　毛乃母比毛世受

訳　防人に行くのは誰のご主人かしらと、問う人を見るのは妬ましくも羨ましいことです。何の物思い（心配）もせずに。

解説　「昔年《さきつとし》の防人歌」八首のうちの一首で、夫を防人として送り出す妻の苦悩や切なさを、傍観者であることが許される妻への羨望として詠んだ歌です。一連の八首の防人歌は、左注によると主典刑部小録である磐余伊美《いはれのいみ》吉諸君《きもろきみ》が「抄写《ぬきうつ》」して兵部少補の大伴家持に贈ったもののようです。家持は天平勝宝六（七五四）年四月に兵部少補となり、翌七年には防人交替の仕事に従事して防人らの歌を集めたと考えられます。

巻二〇には、天平勝宝七（七五五）年二月に「相替りて筑紫に遣はさるる諸国の防人等の歌」が八四首と、当該歌を含む「昔年《さきつとし》の防人歌」八首、大原今城が伝誦した「昔年相替る防人歌」一首の計九三首が収められています。これに巻十四の東歌の「防人歌」と題する五首を加えると九八首になりますが、巻十三にも「防人の妻」の作歌であることが左注から判明する歌も二首あり、その他に防人歌と見なされる巻十四所収歌をも加えると、その妻や父の歌等も含む『万葉集』の防人歌は一〇〇首を越えることになります。巻二〇所収の八四首は、東国十カ国の防人七四人の歌七七首と防人の妻六人の歌六首、防人の父の歌一首からなります。出身地別に編まれた巻二〇の防人歌は、東歌と同様に東海道は遠江・東山道は信濃以東の歌からなり、防人に行く人のみならず残された妻や父らの悲しみ・思慕・執着等を中心に祈りの心を、方言を用いて情愛豊かに表現しています。ただし、防人歌にはその多くに作者名が明記されており、巻十四の作者不明の東歌とは全く事情が異なります（水島義治『万葉集防人歌の国語学的研究』笠間書院・二〇〇六年）。

「防人《さきもり》」は「崎《さき》・守《もり》」で、古代の軍制の一つでした。大宰府や九州北辺を守るために、三年の任期で主として東国から徴収されました。「守レ辺者名二防人一…防人三年」（軍防令・巻五）。「今年行く新島守の麻衣《あさごろも》肩のまよひは誰か取り見む」（巻七・一二六五）の「新島守」は防人を表しています。防人は家人・奴婢・牛馬等を伴うことは許されており、難波までは自前で各国の役人に引率されて集まり、難波津から船で九州へ向かいました。「凡防人向レ防、若有下家人奴婢及牛馬、欲二将行一者上、聴。凡防人向レ防、各賷二私粮一、自レ津発日、随給二公粮一」（軍防令・巻五）。歴史的には、大化二（六四六）年正月の大化改新の詔にはじまりますが、この時の具体的な実態は明確ではありません。「初修二京師一置二畿内国司・郡司・関塞・斥候・防人・駅馬・伝馬一、及造二鈴契一、定二山河一」（日本書紀・孝徳天皇・改新詔二）。その後、白村江での敗戦を機に（六六三年）、唐と新羅軍に備えるべく、天智三（六六四年）年には「防《さきもり》と烽《とぶひ》」を対馬・壱岐島・筑紫国等に設置し、さらに筑紫には「水城」を築くことになります。「於二対馬島・壱岐島・筑紫国等一、置二防与レ烽。又於二筑紫一、築二大堤一貯レ水、名曰二水城一」（日本書紀・天智天皇三年）。このようにして「防人」は、古代律令制のもとで制度化されます。七三〇年の東国以外の「停二諸国防人一」に伴い（続日本紀・聖武天皇）、「坂東諸国兵士」を遣わすことになりました。その結果「路次《みち》の国皆供給《くごふ》に苦しみて、防人の産業《なりはひ》もまた弁済し難し」等の理由をもって（続日本紀・孝謙天皇・天平宝字元年）、東国からの徴兵は七五七年には廃止されました。防人歌を通してわれわれは、この制度の下にあった東国の人々の苦難・労苦や哀切な心の内を察することができます。なお『日本霊異記』中巻には、国に残した妻恋しさに「殺母」（古代法の八逆罪・仏教では五逆罪）の罪を犯してまでも防人の役を免れようとした、聖武朝「火麻呂」（武蔵国多麻郡）の悲惨な防人譚が記されています。「大君の命《みこと》恐み」「命被《みことかがふ》り」と詠む『万葉集』の防人歌の多くも、愛国心ではなく家族愛に基づいて妻や妹（子）・父母らを恋い慕う心や一人寝の侘しさを表出しています。

○畏《かしこ》きや命《みこと》被《かがふ》り明日ゆりや草《かえ》がむた寝む妹《いむ》無しにして　（巻二〇・四三二一・遠江国長下郡物部秋持※浜松市）

○大君の命《みこと》畏《かしこ》み磯に触り海原《うのはら》渡る父母を置きて　（巻二〇・四三二八・相模国助丁《すけのよぼろ》丈部《はせつかべ》造人麿）

○大君の命恐み出で来れば吾《わ》ぬ取りつきて言ひし子なはも　（巻二〇・四三五八・上総国種淮《すゑ》郡物部龍※君津市）

「防人に行くは誰が背」は、作者に問いかけた人（女性）の言葉です。夫が防人に指名されて筑紫へ向かうのを見送る作者に、事情を察することなくこの人は、「防人に行くのはどこのご主人なでしょうか」と尋ねたのです。そう問いかけた女性の夫は、今年の防人には徴収されなかったのでしょう。「見る」は作者の行為。傍観者的に問いかける女性を羨みながらも、作者はなじるように見ているのです。「ともし」は羨望の心の表現。〈AがBさ〉のAとBは主述の関係にあって、しかも「さ」が句全体を体言化するために、余韻として詠嘆がこもることになります。「〜がともしさ」は、〜するのが羨ましいことよの意の成句的表現です。「夕月夜影立ち寄り合ひ天の川漕ぐ舟人を見るがともしさ」（巻十五・三六五八）。「もの思ひ」は、「もの思ふ」の名詞形です。古代日本語の「思ふ」の「おも」は「重し」と同根で、本来は理性的な思索ではなく、「心に乗りて〜」と表象されるようなずっしりとした重量感を伴う心の働きを表しました。「もの」は、具体的な実在を汎称・総称として捉えた語で、捉え所のない漠然とした対象や状態を表すのではありません。ここでの「もの思ひ」は、防人として行く夫を見送る妻が別れに際して抱く苦悩や思案を表します。

おそらくこの防人の妻は、出征する夫の身を案じる一方で、これからの生活の困難や寂しさを思いながら送別の一団のなかに佇んでいたに相違ありません。しかしこの妻は、防人として旅立つ夫との別れの辛さや悲しみを直接詠じてはいません。むしろ、自分とは無縁な他所事として問いかける妻への羨望を表出することにより、遣り場のない心の内を吐露しているのです。傍観者であることが許される人妻への羨望の表現は、わが夫を戦地へと送り出す妻の慨嘆と悲哀を一層切実なものにしています。配慮に欠ける他者の生々しい言葉とそれへの「ともしさ」を詠むこの歌は、一連の防人歌とともに古代日本の防人制度が東国の人々に強いた苦難と深い悲しみを今に伝える、怨せにできない歴史の証言といえます。

うたう　さきもりに　ゆくはたがせと　**と**ふひとを　みるがともしさ　ものおもひもせず　ＣＤ〔39〕
HHLFH　HLHHHRL　HHHLH　RHHLLLH　LLLLFFHF

東うたう　さきもりに　ゆくはたがせと　**と**ふひとを　みるがともしさ　ものおもひもせず　ＣＤ〔40〕
LHRLH　LHHRLRL　RHLHH　LHHLHLH　LHLHLFRL

愛する人を防人に取られてしまう悲しみを末句に向けて言いつのる歌意をうまく表現してください。恋歌として感情的にうたうことも、哀傷歌として抑制してうたうこともできるでしょう。「問ふ」のトは甲類の可能性があります。助詞「と」のアクセントのLと「問ふ」の「と」のHとの切れ目で息を継ぐと母音が自然に少し変わります。そして、「人」を「その人」と強調するときは、「ひ」を「問ふ」の連体形語尾Hよりさらに高くします。「ふ」を少し低くするとうまく表現できるでしょう。末句は字余りです。「おもひ」の「お」を短くして前の「の」に付けてください。付録ＣＤには東国風のうたい方も収めました（東国風のうたい方については№25巻十四・三三七三番歌参照）。「防人」の「も」は下げません。接尾辞の「さ」は、この文脈ではあまり上げないのが自然でしょう。

念のため。万葉集の東歌と防人歌、とくに後者の方言性については議論があります。「方言」というと日本語では地域差を思い浮かべますが、本来は地域差と階層差が交差する概念です。他の歌と異なる言葉遣いを地域語の反映と考えることもできますが、方言色を生かした文学表現と考える立場もあります（亀井孝「方言文学としての防人歌」『文学』18巻9号一九五〇、浅見徹「上代の東国方言」『萬葉』第四十号一九六一）。

31

新《あらた》しき年のはじめの初春《はつはる》の今日降る雪のいやしけ吉事《よごと》

（巻二〇・四五一六・大伴家持）

新　年乃始乃　波都波流能　家布敷流由伎能　伊夜之家余其騰

訳　新しい年のはじめの初春の今日降り積もる瑞祥の雪のように、ますます吉き事が重なりますように。

解説　新しい年の豊穣な実りと平安への願いをこめた大伴家持の新春の祝歌です。題詞には、「三年春正月一日、於二因幡国庁一、賜二饗国郡司等一之宴歌」とあり、天平宝字三（七五九）年元旦に因幡の国庁（鳥取市国府町）での新年宴席で詠まれたこの歌によって、『万葉集』は締め括られます。家持が因幡守に任命されたのは、前年六月ですから、赴任後はじめての正月でもあったようです（四二歳頃）。この年の正月一日は、太陽暦では二月二日に当たります。「新しき年のはじめ」を寿ぐ歌は、『万葉集』のみならず『続日本紀』（聖武天皇・天平十四年正月十六日）や『琴歌譜』等にも見られ、「新しき年のはじめに」を歌い出しとする一定のパターンと多少のバリエーションを持っています。新春歌の類型によりながらも、この歌は新年に降り積もる初雪に託して「いやしけ吉事」と詠んでいる点で、独自の新春寿歌となっています。それを可能にしているのは、類歌のような助詞「に」ではなく「の」を用いた「新しき年のはじめの」であり、また下へ下へと転ずる助詞「の」（四回）を活かした四句目までの序詞「新しき年のはじめの初春の今日降る雪の」です。わけても新年の雪は、豊かな実りの瑞兆・吉兆であり豊年の象徴でもありました。

○新《あらた》しき年のはじめに豊《とよ》の年しるすとならし雪の降れるは（巻十七・三九二五・葛井諸会）

○新《あらた》しき年のはじめにかくしこそ仕へまつらめ万代《よろづよ》までに（続日本紀歌謡・一）

○新《あらた》しき　年のはじめに　かくしこそ　千歳をかねて　楽しき終へめ　(琴歌譜・十四・片おろし歌)

○新《あらた》しき　年のはじめに　や　かくしこそ　はれ　かくしこそ　仕へまつらめ　や　万代《よろづよ》までに　あはれ　そこよしや　万代までに　(催馬楽・二七・呂歌・新しき年)

○あたらしき年の始にかくしこそ千歳をかねて楽しきを積め　(古今集巻二〇・一〇六九・大歌所御歌)

「あらたし」は、「あら(新)た」から生じた形容詞で新しい意。平安時代には価値を愛惜する「あたら(可惜)」から生まれた形容詞「あたらし」との混同により、「あたらし」になったようです。ただし「あたら」のアクセントは、意味の相違に基づいて「LLL」(新)と「HHH」(可惜)の区別が認められます。「初春」は春のはじめで、正月のこと。「いや」は、「いよ」の母音交替形で極度に募ること、いよいよ限りなくの意の副詞です。本来「や」は八、「よ」は「四」と同根です。「しく」は初雪が降り敷くことに、「吉事」がしきりに重なる意を掛けています。「吉事《よごと》」は「吉《よ》・事《こと》」で、めでたい事や喜ばしい事の意。四句目までが序となって「いやしけ吉事」を導きますが、初雪が降り積もる新春の瑞兆に吉き事が重なることへの願いを託した象徴表現としての理解が求められます。『新全集』は、「この歌を因幡国庁で詠んだ時には、その吉祥《きちじょう》を喜ぶ気持を述べただけであった」としつつも、『万葉集』編纂の立場から全巻の最後に位置付けた家持は、「このように言挙げすることによって、万葉集が千年万代に伝わらんことを念ずる願いを合わせて込めよう」としたことを説いています。

元旦には、天皇を拝賀する慣例に準じて地方官庁でも国司が郡司等とともに朝賀を行いました。「凡そ元旦には、国司皆僚属郡司等を率ゐて、庁に向かひて朝拝せよ。訖《をは》りなば長官賀受けよ。宴設くることは聴《ゆる》せ」(儀制令・第十八)。家持は、この歌を詠む九年前の七五〇年一月二日に越中で朝賀を開き、諸の国郡司等に宴を設けて一首詠んでいます(巻十八・四一三六)。また翌年には、当該歌の先駆けともいえる「新《あらた》しき年のはじめはいや年に雪踏みならし常かくにもが」(巻十九・四二二九)を披露しています。この歌の左注には、積雪の様子が「於ㇾ時零雪殊多積有㆓四尺㆒焉」と記されています。特に『続日本紀』の七四二年正月の記事からは、新春の寿歌が歌舞の披露される新年の宴で（政庁正殿の大極殿もしくは地方の国庁）、宴酣の時に琴を弾きつつ数人の人によって歌われた様子がうかがわれます。「天皇、大安殿に御しまして群臣を宴す。酒酣《たけなは》なる時、五節の田舞を奏し、訖《をは》りて更《さら》に少年童女をして踏歌せしむ。また宴を天下の有位の人並びに諸司の史生に賜ふ。ここに六位以下の人等、琴を鼓《ひ》きて歌ひて曰く」（続日本紀・聖武天皇・天平十四年正月）。

なお『古今集』には、この類歌が「大歌所御歌」として巻二〇に収められています。形容詞「あたらし」「楽し」は、『古今集』では一〇六九番歌以外に例がありませんが、『万葉集』では大伴旅人・家持とその周辺の風雅を解する歌人らが、「楽し」（十二例）「楽しさ」（一例）を用いて主に「遊ぶ」「楽しさ」を詠んでいます。実際に新年の宴席で歌い継がれた歌は、一般的な「新《あらた》しき年のはじめにかくしこそ千歳をかねて……」に類する儀礼歌であったようです。しかし、因幡の地で吉祥の初雪に接した大伴家持は、豊かなイメージ力を基に助詞「の」を活かした新たな形象化を試みたのです。七五九年一月一日に開かれた因幡国庁での新春の宴席では、降り積もる雪に託して一層の吉事を願う新春儀礼歌が、琴の伴奏を伴って高らかに歌われたことでしょう。四五一六首からなる『万葉集』は、この歌をもって言挙げし幾久しく万代への願いをこめて閉じられることになります。

うたう　　CD〔3〕

あらたしき　としのはじめの　はつはるの　けふふるゆきの　いや**し**けよごと
LLLLF　LLLHHHH　**HHHHH**　LHLHHLL　LLHLLLL

一年の多幸を祈る儀式の歌として、高めの音程であまり上げ下げしないようにうたいましょう。初句から末句まで切れ目なく「吉事」に向かって盛り上げて行きます。「初春の」のアクセントは、ひとつながりになった形のHHHHHを示しましたが、「始めの」からHが続きますので、もとの語アクセントを並べたHLLFLでうたうのも一案です。付録CDはそちらにしています。感動詞「いや」のアクセント不明。類聚名義抄の「いよよか」LLHLを代入してLLを示しておきますが、掛け声なので表現を工夫してうたってください。

万葉歌の注釈　主な参考文献一覧

・山田孝雄『万葉集講義』宝文館・一九二八年
・澤瀉久孝・佐伯梅友編『万葉集大成6言語編』平凡社・一九五五年
・犬養孝『萬葉の風土』塙書房・一九五六年
・小島憲之『上代日本文学と中国文学 上中下』塙書房・一九六二・一九六四・一九六五年
・正宗敦夫編『類聚名義抄』風間書房・一九六二年
・正宗敦夫編『倭名類聚鈔』風間書房・一九六二年
・山崎良幸『日本語の文法機能に関する体系的研究』風間書房・一九六五年
・後藤重郎『新古今和歌集の基礎的研究』塙書房・一九六八年
・中西進『万葉集の比較文学的研究』桜楓社・一九六八年
・関根真隆『奈良朝食生活の研究』吉川弘文館・一九六九年
・山崎良幸『万葉歌人の研究』風間書房・一九七二年
・大野晋他編『岩波古語辞典』岩波書店・一九七四年
・正宗敦夫『萬葉集總索引』平凡社・一九七四年
・伊藤博『萬葉集の表現と方法 下』塙書房・一九七六年
・藤田加代『「にほふ」と「かをる」』風間書房・一九八〇年
・大久保正『万葉集の諸相』明治書院・一九八〇年
・東野治之『日本古代木簡の研究』塙書房・一九八三年

・山崎良幸『万葉集の表現の研究』風間書房・一九八六年
・中西進・廣岡義隆『万葉集の歌―人と風土―⑧滋賀』保育社・一九八六年
・木簡学会編『日本古代木簡選』岩波書店・一九九〇年
・鈴木日出男『古代和歌史論』東京大学出版会・一九九〇年
・大久間喜一郎・森淳司・針原孝之編『万葉集歌人事典』雄山閣・一九九二年
・神野志隆光『柿本人麻呂研究』塙書房・一九九二年
・沖森卓也・佐藤信『上代木簡資料集成』おうふう・一九九四年
・和田明美『古代日本語の助動詞の研究』風間書房・一九九四年
・和田明美『古代的象徴表現の研究』風間書房・一九九六年
・日本史広辞典編集委員会『日本史広辞典』山川出版社・一九九七年
・坂本太郎『古代の駅と道　著作集第八巻』吉川弘文館・一九九八年
・山崎良幸・和田明美『源氏物語注釈　一』風間書房・一九九九年
・後藤重郎編『和歌史論叢』和泉書院・二〇〇〇年
・市瀬・佐藤・島田・廣岡・村瀬『東海の万葉歌』おうふう・二〇〇〇年
・櫻井満監修『万葉集を知る事典』東京堂出版・二〇〇〇年
・高島秀之『古代出土文字資料の研究』東京堂出版・二〇〇〇年
・井上辰夫・大岡信他監修『日本文学史蹟大事典【地図編】【地名解説編】』遊子館・二〇〇一年
・林田孝和他編『源氏物語事典』大和書房・二〇〇二年
・古典索引刊行会編『萬葉集索引』塙書房・二〇〇三年
・木簡学会編『日本古代木簡集成』東京大学出版会・二〇〇三年

・平川南『古代地方木簡の研究』吉川弘文館・二〇〇三年
・後藤重郎『新古今和歌集研究』風間書房・二〇〇四年
・西宮秀紀『律令国家と神祇祭祀制度の研究』塙書房・二〇〇四年
・犬飼隆『上代文字言語の研究【増補版】』笠間書院・二〇〇五年
・犬飼隆『木簡から探る和歌の起源』笠間書院・二〇〇五年
・水島義治『萬葉集防人歌の研究』笠間書院・二〇〇九年
・市大樹『飛鳥藤原木簡の研究』塙書房・二〇一〇年
・丸山裕美子『正倉院文書の世界』中央公論新社・二〇一〇年
・木簡学会編『木簡から古代がみえる』岩波書店・二〇一〇年
・八木孝昌『解析的方法による万葉歌の研究』和泉書院・二〇一〇年
・京都府埋蔵文化財調査研究センター『天平びとの華と祈り』柳原出版・二〇一〇年
・栄原永遠男『万葉歌木簡を追う』和泉書院・二〇一一年
・大野晋編『古典基礎語辞典』角川学芸出版・二〇一一年
・犬飼隆『木簡による日本語書記史【増訂版】』笠間書院・二〇一一年
・文字のチカラ展実行委員会編『文字のチカラ　古代東海の文字世界』二〇一四年
・犬飼隆・和田明美編『語り継ぐ古代の文字文化』青簡舎・二〇一四年

『万葉集』をはじめとする古典文学作品は、主として『新編日本古典文学全集』（小学館）を用い、適宜『校本万葉集』や『日本古典文学大系』『新日本古典文学大系』（岩波書店）等を参照した。歴史資料は主として『新訂増補 国史大系』（吉川弘文館）によりつつ『日本思想大系 律令』（岩波書店）を参照したが、『日本書紀』は『新編日本古典文学全集』（小学館）ないしは『日本古典文学大系』（岩波書店）、『続日本紀』は『新日本古典文学大系』により、漢籍については概ね『新釈漢文大系』によった。ただし、いずれの本文に関しても、読解の便を考慮に入れて表記を改め、理由を記した上で校訂に従った所がある。

なお、『万葉集』の注釈書については以下のように略記した。北村季吟『万葉拾穂抄』→『拾穂抄』、契沖『万葉代匠記』→『代匠記』、賀茂真淵『万葉考』→『考』、橘千蔭『万葉集略解』→『略解』、岸本由豆流『万葉集攷証』→『攷証』、鹿持雅澄『万葉集古義』→『古義』、山田孝雄『万葉集講義』→『講義』、武田祐吉『万葉集全註釈』→『全註釈』、土屋文明『万葉集私注』→『私注』、澤瀉久孝『万葉集注釈』→『注釈』、伊藤博・稲岡耕二他『万葉集全注』→『全注』、高木市之助・五味智英・大野晋『日本古典文学大系 万葉集』→『大系』、小島憲之・木下正俊・佐竹昭広『日本古典文学全集 万葉集』→『全集』、小島憲之・木下正俊・東野治之『新編日本古典文学全集 万葉集』→『新全集』、佐竹昭広・山田英雄・工藤力男他『新日本古典文学大系 万葉集』→『新大系』等。

あとがき――万葉集をうたう／うたおう

万葉集を声にする企画がこうして一つの形になるきっかけの言葉をくださったのは大貫社長、そのひと言が出る環境をつくってくださったのは和田教授です。歌のもつ音楽としての一面は筆者の手の及ばない分野でしたが、宇髙師の御指導を得て闕を満たすことができました。その御縁も和田教授に負いました。各位に、そして執筆協力者の方々に、謝意を表します。また、内容の作成にあたっては科学研究費補助金基盤研究(A)課題番号22242021（国立歴史民俗博物館　研究代表者：平川南氏）の助成を得ました。

この本で試みたのは声による万葉集の解釈、注釈です。付録ＣＤの声は私たちが私たちなりにした一つの解釈と受け取ってください。うたう手本ではありません。古代日本語の資料でないのはもちろんです。教育研究職についている者たちが自らうたい、専門的な声の訓練をうけた人に依頼しなかったのも意図してのことです。もっとうまくうたうことができたはずですし、解説で述べた理屈が実際にはできていないところもあります。お金と時間をかければ理屈通りの声を機械で正確につくることもできました。音声合成の技術はずいぶんすすんでいます。この企画を筆者が思いついた二十年ほど前に、文庫本一冊くらいの量の録音があれば幼稚園児の声で『特殊相対性理論』を朗読させることもできる水準に達していました。こうして万葉人の子孫である私たちの声でうたってみたのは、専門家でなくてもできることをめざしたからです。

この本の試みを多くの方々が展開していただければと思います。音韻、文法の規則には決まりがありますが、まだよくわからないところも多々ありますし、解釈を声にしてうたうのは自由です。誰でもそれぞれにできます。

たとえば高校の国語で、古文の読解が苦手な生徒に漫画や動画の導入などと併せて、目の不自由な生徒が古典を味わう手立てに、工業高校なら技術を生かして声をつくったり加工してみる、などと思いつきます。古代のアクセントを載せた国語辞典もあり、掲載した参考文献で入手し難いのは少数です。ちょっと図書館に足を延ばせば準備できるでしょう。個人的にも楽しめます。付録CDの声には筆者が家庭のパソコンで切り継いだところがあります。録音・加工処理のできるソフトはいくつもありますし、インターネットに無料アップロードされたものもあります。

皆さん、万葉人になってうたいましょう。

平成二十七年　二月二日

犬飼　隆

執筆者紹介

〔解説・座談・歌唱〕

犬飼　隆（いぬかい　たかし）

一九四八年（昭和二三）愛知県名古屋市生。東京教育大学文学部卒業、同大学院文学研究科修士課程修了、同博士課程単位取得退学。博士（言語学）。専門は日本語史、文字言語論、音調論。単著に『上代文字言語の研究』（笠間書院）、『文字・表記探求法』（朝倉書店）、『木簡による日本語書記史』（笠間書院）、『漢字を飼い慣らす』（人文書館）、『木簡から探る和歌の起源』（笠間書院）。共著に『文法と音声』（くろしお出版）、『古代日本　文字の来た道』（大修館書店）、『美濃国戸籍の総合的研究』（東京堂出版）、『房総と古代王権』（高志書店）、『古事記を読む』（吉川弘文館）、『語り継ぐ古代の文字文化』（青簡舎）など。

和田明美（わだ　あけみ）

一九五六年（昭和三一）高知県宿毛市生。高知女子大学卒業後、名古屋大学大学院文学研究科博士課程前期修了・同博士課程後期中途退学・博士（文学）（現・高知県立大学）。現在愛知大学文学部教授。古代的思考の論理を探求しつつ、文法と意味の分野を中心に日本古典文学の表現の研究に携わる。著書に『古代日本語の助動詞の研究』『古代的象徴表現の研究』（風間書房）、『古代東山道園原と古典文学』（あるむ）の他、共著に『万葉集の表現の研究』『源氏物語注釈　一～六』『日本語の語義と文法』（風間書房）、『万葉史を問う』（新典社）、『語り継ぐ日本の文化』『語り継ぐ日本の歴史と文学』『語り継ぐ古代の文字文化』（青簡舎）など。

〔歌唱指導・座談・歌唱〕

宇高通成（うだか　みちしげ）

一九四七年（昭和二二）生。シテ方金剛流能楽師。重要無形文化財総合指定保持者。一九八五年国際能楽研究会（INI）創立。一九八六年日米文化交流の会・能楽公演団長。松山藩お抱え能役者の家系を継ぐものとして、一九九一年には初世宇高六兵衛喜太夫追善能を開催し、一九九七年明治まで続いた松山稽古舞台を再興。宇高通成の会会長、景雲会・面乃会主宰。金剛会副理事長。日本能楽会会員。

〔コラム執筆・歌唱〕

大脇由紀子（おおわき　ゆきこ）

愛知県立大学兼任講師。中京大学大学院文学研究科博士課程後期修了。博士（文学）。専門は『古事記』を中心とする上代文学。著書に『古事記説話形式の研究』（おうふう）、

『徹底比較　日本神話とギリシア神話』（明治書院）、『古代朝鮮神話の実像』（新人物往来社）。

丸山裕美子（まるやま　ゆみこ）
愛知県立大学教授。お茶の水女子大学大学院博士課程単位取得退学。東京大学博士（文学）。専門は日本古代史、とくに日唐比較制度・文化史。著書に『日本古代の医療制度』（名著刊行会）、『古代天皇制を考える』（共著、講談社）、『正倉院文書の世界』（中公新書）などがある。

鈴木　喬（すずき　たかし）
愛知県立大学客員共同研究員。愛知県立大学大学院国際文化研究科博士後期課程修了。博士（国際文化）。主要業績に、「人名「あしへ」をめぐって」（『萬葉』第一九一号、二〇〇五年）、「「あさなぎ木簡」における「也」字」（『美夫君志』第八二号、二〇一一年）、「書記者の位相―『出雲國風土記』と「出雲國大税賑給歴名帳」に共通した用字―」（『説林』（愛知県立大学）第六二号、二〇一四年）。

矢田博士（やた　ひろし）
愛知大学経営学部教授。早稲田大学大学院文学研究科博士後期課程単位取得退学。専門は中国文学。主要業績に、「境遇類似による希望と絶望―曹植における周公旦及び屈原の意味―」（早稲田大学大学院文学研究科紀要　別冊19［文学・芸術学編］、一九九三年二月）、「梁の簡文帝の「珠概雑青虫」句の解釈をめぐって」（『中国詩文論叢』28、二〇〇九年一二月）、「詩跡としての仲宣楼」（『林田慎之助博士傘寿記念　三国志論集』汲古書院、二〇一二年）。

墨　功恵（すみ　としえ）
愛知県立春日井工業高等学校講師。主要業績に、「わらべ歌考察―全国の「草履隠し歌」―」（愛知県立大学大学院国際文化研究科『愛知県立大学大学院　国際文化研究科論集』第8号、二〇〇七年）、「愛知県の「草履隠し歌」考察」（日本児童文学学会中部支部『児童文学論叢』第11号、二〇〇六年）、「愛知県の「草履隠し歌」考察　その2―アンケートからの分析―」（日本児童文学学会中部支部『児童文学論叢』第12号、二〇〇七年）。

〔歌唱〕

原田由美（はらた　ゆみ）愛知県立大学国語国文学科学生

渡邉真以（わたなべ　まい）同

愛知県立大学平成二五年度国語学演習（音韻・表記）受講生

大貫祥子（おおぬき　ながこ）青簡舎

〔琴弾奏〕

内藤聡子（ないとう　さとこ）愛知大学非常勤講師

万葉人の声　うたうＣＤ付

二〇一五年二月二三日　初版第一刷発行

編著者　犬飼　隆
　　　　和田明美

発行者　大貫祥子
発行所　株式会社青簡舎
〒一〇一-〇〇五一
東京都千代田区神田神保町二-一四
電話　〇三-五二一三-四八八一
振替　〇〇一七〇-九-四六五四五二
印刷・製本　藤原印刷株式会社

ISBN978-4-903996-82-0 C1092

——うたうＣＤ——

＊雑音や音割れ等の不備は録音時の制約によるものです。